Barbaros Altuğ
Es geht uns hier gut
Novelle

Aus dem Türkischen
von Sabine Adatepe

Barbaros Altuğ
Es geht uns hier gut
Novelle

orlanda

drei waisenkinder

Hier schneit es, seit wir hier sind, ununterbrochen. Manchmal vergesse ich, wann wir angekommen sind. Denn bisweilen kommt es mir so vor, als hätten wir schon immer hier gelebt. Als wären wir hier zur Welt gekommen, als wären wir, vom Moment unserer Geburt an, kaum dass wir die Augen aufschlugen, miteinander bekannt gewesen, unbemerkt von anderen aufgewachsen in diesem gelb gestrichenen Gebäude, in dessen Hof unablässig der Schnee rieselt, in seinen Räumen, durch deren große Fenster eisiges Licht sickert, und als wäre diese seltsame Sprache, in der wir uns unterhalten, unsere ureigene Erfindung. Die Stadt schläft, es ist still und die Zeit gehört mir allein. Um niemanden zu wecken, bin ich über die Stellen im Parkett, die nicht knarzen, ich kenne sie mittlerweile auswendig, in die Küche geschlichen, hier sitze ich nun am Tisch, trinke meinen Kaffee und lasse den Blick über die Bäume mit ihren weißen Hauben schweifen, »ja«, denke ich, und habe keine Lust aufzustehen, »eigentlich sind wir hier zu Hause«. Hier und beieinander. Hin und wieder taucht unten im Schnee ein Schemen auf. Ein schneebedeckter Körper, ein Schatten, der seit langem, seit wir hier sind, dort liegt, der nach und nach verschwindet, ein Leichnam, von uns der Verwesung preisgegeben, ein Schmerz, den wir uns gegenseitig vergessen machen wollen, eine einstige Liebe, von der wir den Blick abwenden, sobald er auf sie fällt. All das liegt dort im Hof, denn der Hof war die erste Tür zu unserem neuen Leben. All das, was wir nicht mitnehmen konnten, als wir aus dem Hof in dieses Leben traten, ließen wir hinter uns. Dann fällt mir ein, warum wir in diese Stadt gekommen sind. Wann aber?

Wir drei, Yasemin, Ali und ich – Eren, der ich mich nur noch hier, in dieser kalten, stillen Stadt, in dieser schummerigen Wohnung im dritten Stock des gelb gestrichenen Gebäudes, durch deren Fenster das Licht dringt, zu Hause fühle – wann kamen wir drei Waisenkinder, die gleich beieinander Zuflucht suchten, ohne Blick auf Zurückliegendes, erneut, aber diesmal in der Hoffnung, hier nach unseren Vorstellungen leben zu können, nach Berlin, wo unablässig der Schnee fällt?

die chance auf glück

Seit wir hier sind, steht Eren vor uns auf. Es kommt vor, dass wir bis zum frühen Morgen wortlos dahocken und auf irgendetwas starren, das über den Bildschirm flimmert, oder dass wir im Berghain tanzen, alles andere vergessend. Doch wann wir auch zu Bett gehen, beim Aufwachen finden wir Eren immer schon vor; als trüge er einen alten, auf die immer gleiche Zeit gestellten Wecker in sich, er ist vor uns aufgestanden, hat schon Kaffee getrunken, sitzt am Küchentisch, schaut aus dem Fenster oder liest. Morgens schreibt er nicht, nur nachts. Das merke ich an dem Licht, das durch die Glastür seines Zimmers dringt, nicht dass er sich mir gegenüber dazu äußern würde. Doch ich weiß, dass er schreiben muss. Das ist sein Weg der Selbsttherapie. Jeder geht einen anderen. Ich schaue Filme. Fast jeden Tag nach der Arbeit in der Café-Bar gehe ich ins Kino. Die Dunkelheit im Saal, der Augenblick, in dem der Film beginnt, dann zwei Stunden lang Vergessen.

Zwei Stunden ohne Mama, die täglich aus Istanbul anruft, sich zwar nie beschwert, vielmehr um Verständnis bemüht ist, aber ihre Enttäuschung, ihre Kränkung schleppt sie mit sich herum, als wäre sie ein kleines Tier, und diese Kränkung impft sie mir langsam aber stetig im Flüsterton ein.

Zwei Stunden ohne den Park, ohne die dort verbrachten Tage, ohne die Kids, ohne das Stück, das ich mit ihnen aufgeführt habe, ohne die in den Zelten durchsungenen Nächte, ohne die sonnigen Morgen, an denen Eren uns beim Aufstehen vorlas, was er geschrieben hatte. Das Essen, das Deniz von seiner Mutter mitbrachte, Tage, in denen unsere Mütter uns bemutterten, Tage aber auch, in denen selbst sie uns nicht beschützen konnten … Tage ohne all dies. In diesem Moment existieren nur diese zwei Stunden. Auf der Leinwand vor mir sind andere Menschen, ihr Leben, ihr Glück oder Unglück, die mögliche Existenz gänzlich ungeahnter Leben. Doch das Kino erinnert mich auch daran, weshalb wir herkamen, warum wir noch immer hier sind. Wenn ich nicht ins Kino gehe, ist mir manchmal, als müsste ich ersticken, später dann, wenn die zwei Stunden vorüber sind, fällt mir wieder ein, was es ist, das uns hierher gebracht hat: Ja, wir kamen um einer vor Monaten eingebüßten Chance willen, der Chance willen, glücklich zu sein. Weil wir gehofft hatten, diese Chance hier zu bekommen. Wenn ich nach dem Kino über den unter meinen Füßen knirschenden Schnee nach Hause laufe, macht mich schon der Gedanke daran glücklich. Das Kino kuriert mich.

ali

Yasemin ist wach, liegt aber noch im Bett. Gleich wird Ali aufstehen. Rasch wird er duschen und dann Punkt für Punkt sein Tagesprogramm absolvieren, als gelte es zu einer immens wichtigen Sitzung zu eilen, oder ja nicht zu spät zu einem täglichen Bürojob zu kommen. Dabei hat er kein Büro mehr und auch keine eilig zu erreichende Sitzung. Nach dem Duschen trinkt er eine Tasse Kaffee, isst Müsli und eine Banane. Dann strengt er ein Gespräch mit uns an, unermüdlich, jeden Morgen. Obwohl er genau weiß, dass Yasemin und ich morgens nur Kaffee trinken und dabei gern schweigend in die Zeitungen oder in ein Buch schauen, höchstens Musik darf noch sein.

Ali ist ein Mann der Tat, er glaubt, es gibt nichts auf der Welt, das nicht zu bewältigen wäre. Den Mount Everest zu besteigen oder steinreich zu werden oder gut oder schlecht zu sein, sogar die Welt verändern, all das liegt seiner Meinung nach im Rahmen des Möglichen.

Mir hingegen ist längst klar, auch nur einen einzigen Menschen zu verändern, ist gar nicht so einfach, geschweige denn die ganze Welt. Ali aber gibt nicht auf. Auch das weiß ich. Das, so denke ich manchmal, muss auch der Grund dafür sein, dass er mit uns herkam: eine weitere Aufgabe bewältigen, uns glücklich machen, uns in Menschen verwandeln, die der Welt stärker verhaftet sind, die mehr reden, sich weniger einigeln. Mir scheint, er wird uns verlassen, sobald diese Aufgabe erfüllt ist, um sich ein neues Ziel zu suchen. Dann aber tritt Yasemin aus ihrem Zimmer.

Yasemin, der das schwarze Haar wirr auf die Schultern fällt, Yasemin, der ihr weißer Pyjama, die morgendliche Müdigkeit, selbst die Schlappen, in die sie gerade geschlüpft ist, prima stehen. Als Yasemin sich ihren Kaffee einschenkt, fällt mir wieder der eigentliche Grund ein, warum Ali mit uns mitkam.

Ali mag sich dessen nicht bewusst sein, doch während er versucht, uns zu verändern, verwandelt Yasemin ganz allmählich ihn. Sie hat diesen Mann, der sich unverdrossen Tag für Tag daran macht, das Leben anderer zu programmieren, als reiche ihm das eigene nicht aus, unversehens aus seiner eigenen Welt herausgelöst und hierher verfrachtet. Ali stellt sich weiter jeden Morgen gleich nach dem Aufstehen unter die Dusche, verzehrt sein Müsli der immer selben Marke und seine Bio-Banane. Anschließend geht er zum Sport, wieder daheim checkt er seine E-Mails, sieht die von ihm programmierten Webseiten durch, beantwortet Kundenanfragen und verschickt Zahlungserinnerungen. Er glaubt, damit sein altes Leben fortzusetzen. Wird ihm irgendwann aufgehen, dass er mittlerweile weit entfernt ist von seinem in Istanbul über Jahre aufgebauten Leben, dass er sich stattdessen hier befindet, gemeinsam mit uns in Berlin? Nein, noch lange nicht. Erst mit der Zeit wird Ali alles verstehen und dann wird ihn vielleicht zum ersten Mal Panik ergreifen. Denn wenn Ali sagt, alles im Leben sei möglich, meint er damit keineswegs, dass er sich verändern könnte. Er wird aber erkennen, dass gerade dies möglich ist. Veränderung muss möglich sein, denn Ali verändert sich. Er ist mittlerweile ein anderer als an jenem Tag, an dem wir uns im Park kennengelernt haben. Nur ist ihm das noch nicht bewusst.

fotos

In unserer Wohnung fehlen Bilder aus meiner Kindheit. Nur drei Fotos habe ich mitgenommen. Auf allen sind im Hintergrund Bäume zu sehen, merkwürdig.

Auf einem bin ich zwei, drei Jahre alt, Mama hält mich auf dem Schoß. Wir sitzen im Garten des Hauses, in dem ich aufgewachsen bin. Mein Rock fällt auseinander, darunter lugt ein gerüschtes Babyhöschen hervor. Mama schaut glücklich drein, ich dagegen umso grimmiger. Der Grund dafür ist links auf dem Foto zu sehen. Papa, der damals noch lebte, über den Kinderwagen gebeugt, sehr jung, lächelt strahlend in die Kamera. Im Kinderwagen ein wenige Monate altes Baby, Umut, mein Bruder, den ich hasste, als ich ihn zum ersten Mal sah, der aber später zu meinem besten Freund wurde. Es gibt kaum Fotos, auf denen meine Eltern beide glücklich sind, auf diesem hier ist ihr Lächeln am schönsten. Es erinnert mich nicht nur an sie, es lässt mich daran denken, dass es Tage gab, an denen auch sie des Lebens froh waren. So wenig anziehend ich hier wirke, es ist das einzige Familienbild, bei dessen Betrachtung ich mich gut fühle.

Ein zweites Foto zeigt mich neben Eren, in einem der grünen Gärten der Mittelost-Universität in Ankara, vermutlich vor der Fakultät für Architektur. Es ist Frühling. Wieder fällt mein Rock leicht auseinander und Eren trägt eine kurze, enge Sommerhose. Auf die Rückseite schrieb er: »Denk daran, dein Freund ist nach wie vor in diesem Garten, hier lernt er ganz allein, während du New York erkundest! Bring ihm bei der Rückkehr die erbetenen

Bücher mit, um die Stimme deines Gewissens zu beruhigen.« Das Foto schickte er an die Adresse von Papas Teilhaber Hilmi, bei dem Umut und ich die Ferien verbrachten. Es stammt also aus unserem ersten Jahr.

Als dieses Foto aus dem Umschlag des Briefes fiel, der der erste war den ich in meinem Leben erhielt, dachte ich, wie gut, dass Eren in mein Leben getreten ist. Immer wenn ich es betrachte, bin ich wieder in jenem Garten und spüre die Sehnsucht nach Eren, die mich überfiel, als ich dieses Foto erhielt, bin erneut bei unseren Träumen von der Zukunft. Jetzt scheinen dies ferne Tage der Jugend zu sein, dabei ist es erst ein paar Jahre her. Doch diese wenigen Jahre sind gleich einer Walze über uns hinweg gegangen.

Von dem dritten Foto weiß niemand außer mir, das heißt, niemand weiß, dass ich es aufbewahrt habe. Dabei ist es ein Foto, das allen bekannt ist. Ein Ausschnitt aus der *Hürriyet*. Oben drüber steht groß: »24 Stunden Gas«. In knallig roten Buchstaben. Die Zeile prangt über einem Foto, das die Hälfte der Titelseite einnimmt. Es zeigt ein Mädchen auf dem Boden, kniend, von ihrer Stirn tropft Blut. Das bin ich. Neben mir ein Mann, der sich schützend vor mich stellt, seine schwarze Lederjacke in Fetzen. Deniz. Weiter hinten Eren, in den Händen eine Fahne, vor den Augen eine Schwimmbrille. Noch ist er nicht zu Boden gegangen, die Gaspatrone, die ihn anvisiert, ist auf dem Foto nicht zu sehen, doch sie fliegt bereits von irgendwoher auf ihn zu. Und Ali. Deniz' älterer Bruder, wir haben uns gerade erst kennengelernt. Er steht neben Eren. Sein weißes Hemd ist verschmutzt, der Wasserstrahl lässt ihn taumeln, er hält sich aber noch auf den Beinen. Auf dem Foto stehen sich der Wasserstrahl und Ali gegenüber wie zwei Gegner, die einander herausfordern, oder zwei Brüder, die einander hasserfüllt anstarren. Es ist das einzige Foto, auf dem wir alle vier zu sehen sind. Damals dachten wir, das Abenteuer, auf das wir uns gerade eingelassen hatten, ginge niemals zu Ende, dachten, die Tage, da wir bei der Betrachtung von Fotos mit uns vieren weinen, lägen noch in weiter Ferne ... dachten, dazu käme es erst, wenn wir einmal sehr alt geworden wären und vielleicht nach vielen Jahren einer von uns stürbe.

Wie gut, dass ich das Foto aufgehoben habe. Es birgt für niemanden gute Erinnerungen. Auch für mich nicht. Aber es ist das einzige von uns vieren. Nach dieser Aufnahme sollte sich unser Leben von Grund auf ändern. Dieses Bild markiert unser Jahr Null.

das jahr null

An dem Tag, an dem Ali zu uns stieß, war im Grunde klar, dass sich alles ändern würde. Aufgewühlt berichtete Deniz Yasemin, Selim, den wir ebenfalls im Park kennengelernt hatten, und mir von den Menschen auf der Bosporus-Brücke. Mit ihnen gemeinsam war er herübergekommen, es waren Tausende, sie kamen zu uns, die wir gemeinsam im Park lebten und tagtäglich der Polizeigewalt ausgesetzt waren. Sie kamen nicht, um uns zu retten, sie kamen, um zu sagen: »Diese Kids sind nicht allein!«

Die von der Polizei am Brückenzugang errichtete Barrikade hatte nicht standgehalten; manche Leute waren in Hausschuhen auf die Straße gestürmt, immer mehr schlossen sich ihnen unterwegs an, von weitem wirkten sie wie eine einzige riesige Masse, obwohl sie ganz unterschiedliche Leben führten und einander vermutlich bis dahin nicht einmal wahrgenommen hatten, nun marschierten sie alle gemeinsam in der Morgendämmerung über die Brücke und strebten zum Taksim-Platz hin. Deniz erzählte und uns stiegen Tränen in die Augen, wir wandten den Blick ab, damit es keiner merkte, schluckten und rissen uns zusammen. Deniz fuhr fort und unsere Augen füllten sich zunehmend. Bald darauf kümmerte sich niemand mehr um die wie von selbst fließenden Tränen, wir taten, als sähen wir es nicht, doch wir alle weinten. Wir waren nicht allein. Während wir hier im Park Widerstand leisteten gegen jene, die uns isolieren, drangsalieren und vernichten wollten, gab es eben doch Menschen, die unsere Stimme hörten und uns verstanden. Damals dachten wir, das wäre genug. Sonderbar, in wenigen Monaten kann der Mensch alt werden. Altern hat nichts damit zu tun, dass die Haare grau werden und der Rücken krumm. Altwerden bedeutet, den Lebensinhalt zu verlieren, kein Ziel mehr zu haben. Vielleicht konnten wir nur in diesen Tagen jung sein, damals, als wir ein solches Ziel gefunden hatten. Dann aber –

dann kam Ali.

Ali, Deniz' großer Bruder, den wir von den Fotos der Menschen, die über die Brücke kamen, kannten. Ali, der ein Stipendium bekommen und in New York studiert hatte, hochintelligent, gut aussehend, berühmt für die Partys, die er in seiner Wohnung im Moda-Viertel gab. Er kam im weißen Hemd, das Haar schwarz, die Augen feuerrot vor Wut. Er sah aus wie auf den Fotos und doch auch wieder nicht. Wie auf fast jedem Bild trug er eines dieser offensichtlich teuren Hemden, aber anders als auf den Fotos, wo selbst die Falten elegant, wie im Vorhinein entworfen fielen, war es zerknittert, als hätte er es seit Tagen getragen. Sein Haar war tatsächlich schwarz, aber ganz entgegen seiner auf den Fotos festgehaltenen Art war es zerzaust, es klebte ihm im verschwitzten Nacken, fiel ihm dauernd in Strähnen ins Gesicht. Das Strahlen in seinen Augen von den Fotos, so glücklich, wie ein vernünftiger Mensch kaum sein konnte, fast nervtötend, von übersteigertem Selbstbewusstsein, war einer Funken sprühenden, vor Wut bebenden Bedrohlichkeit gewichen. Und Ali berichtete, er habe seit Tagen nicht schlafen können, habe nur gegrübelt, beobachtet und gelesen und wäre höchstwahrscheinlich durchgedreht, wenn er nicht endlich hätte dazukommen können.

Ali erzählte, wir hörten zu. Stunden später, tief in der Nacht, als es für uns an der Zeit war, sich ins Zelt zurückzuziehen, war auch für Ali der Augenblick gekommen, in sein Haus in Moda zurückzukehren, wo er in einer warmen Sommernacht wie dieser bei Musik im Garten sitzen und am Morgen, bevor er zur Arbeit ging, beobachten würde, wie bei Sarayburnu am gegenüberliegenden Ufer die Farben von Rot zu Rosa wechselten und die Sonne aufging.

In jener Nacht aber ging Ali nicht nach Hause. Nach dem letzten Bier zwängte er sich mit mir in das Zelt, in dem Deniz längst schlief. Aus dem Zelt nebenan drang Gekicher von Yasemin und Elif herüber und wir sahen, dass wir in Deniz' winzigem Zelt nur eng beieinander liegend in den schmalen freien Platz passten. Mit Alis Bier-Atem im Nacken fühlte ich mich seit Tagen erstmals in Sicherheit, als ich einschlief.

der traum

Es fällt mir schwer einzuschlafen, wenn Ali bei mir ist. Ich warte darauf, dass er schläft, dann stehe ich leise auf und versuche im Schein der Schreibtischlampe, schwach wie eine Kerze, etwas zu lesen. Oder zu schreiben. Ich sehe Licht bei Eren durch die Glastür fallen, er wird unmöglich merken, dass ich wach bin, er schreibt mit Blick nach draußen und steht praktisch nie auf. Ich weiß das, er macht das immer so.

Mitunter fällt mein Blick in den kleinen Spiegel gegenüber von meinem Schreibtisch. Selbst meine Augen wirken wie die einer anderen. Ich versinke im Anblick meiner Augen im Spiegel, als schaute ich durchs Fenster jemanden an. Bald dämmert der Tag herauf, es wird noch nicht richtig hell, vielmehr kündigt sich ein in der Ferne aufleuchtendes Licht an. Dann schlüpfe ich ins Bett und schließe die Augen. In den paar Stunden Schlaf werden Träume für Schweißausbrüche sorgen.

Gestern war ich im Traum auf der Straße, durch die mich jeden Morgen mein Weg zur Arbeit in die Café-Bar führt. Alles ist wie immer, ich trete aus dem Haus und laufe auf dem Bürgersteig, wo der Schnee schon geschippt ist. An der Kreuzung am Ende der Straße muss ich rechts abbiegen, dann bin ich zu Fuß in zwanzig Minuten in der Café-Bar. Ich biege aber links ab. Plötzlich wird mir klar, dass ich diesen Weg noch nie gegangen bin. Ich erschrecke ein wenig, fühle mich wie das Opfer in Horrorfilmen, das ins Dunkle hineintappt, laufe aber weiter. Von irgendwoher dringen Kinderstimmen an mein Ohr, ich versuche herauszufinden, woher sie kommen. Weiter vorn liegt offenbar ein Kinderspielplatz, den ich noch nicht entdeckt habe. Schaukeln quietschen. Wer schleppt denn bei dieser Kälte seine Kinder auf den Spielplatz, frage ich mich im Traum. Außer mir ist niemand unterwegs. Die Straße ist menschenleer. Dabei gehen um diese Uhrzeit Leute zur Arbeit, nicht viele, aber vier, fünf Personen bestimmt. Ich laufe weiter und weiter, es scheint zu dämmern. Bricht etwa der Abend herein, während ich unterwegs bin? Unvermutet stehe ich vor dem Spielplatz. Die Schaukeln sind leer. Doch sie bewegen sich. Nicht so wie vom Wind oder als wäre eben erst jemand heruntergesprungen. Vielmehr so, als säßen Kinder darauf. Ich bin wie erstarrt. Die Schaukeln schwingen und die Stimmen werden klarer. Kinder, die miteinander plaudern und lachen. Wie angenagelt beobachte ich das Spiel der unsichtbaren Kinder. Auf einmal höre ich eine Stimme. Mama steht neben mir. Aber nicht mit ihren erloschenen Augen, dem gelichteten Haar, dem eingefallenen Körper von heute, der ihr zu schwer geworden ist. Jung steht sie da, das üppige Haar mit Mühe gebändigt und unter die Mütze gestopft, sie trägt einen petrolfarbenen Mantel mit Taillengürtel. »Du wirst dich erkälten«, sagt sie, »hol auch deinen Bruder, kommt endlich heim.«

Schweißgebadet wache ich auf. Ali schläft neben mir. Es ist kalt in der Wohnung. Ich friere. Umut. Ach, Umut!

die geschichte

Womöglich werde ich dieses Buch, an dem ich arbeite, nie zum Abschluss bringen. Oder, falls doch, wird es mir unmöglich sein, es je zu veröffentlichen. Nicht, weil ich nicht wollte oder weil niemand es herausbringen mag. Ganz im Gegenteil, ich will, dass alle lesen, was ich schreibe.

Aber in diesem Buch stehen Dinge, die alle, gut, nicht alle, aber doch alle, die mir nahestehen, kränken könnten. Dabei schreibe ich nicht, um sie zu verletzen. Es ist schwierig, ihnen das klar zu machen, ich weiß. Ich sage zwar, ich schreibe einen Roman, weiß aber selbst nur allzu genau, dass es sich um wirklich Erlebtes handelt. Ich ändere nur die Namen, ein wenig auch die äußere Erscheinung. Da ist zum Beispiel Vater. Könnte er dieses Buch lesen, würde er sich zweifellos in Halit wiedererkennen. Denn er weiß zumindest, was er tut. Selbst wenn nicht, andere würden ihn erkennen. Auch Mutter würden sie erkennen, denn sie wissen, was sie nicht tut. Wissen, dass sie mir nicht die Hand reicht, dass sie mich beiseite schiebt, wie ein ungewolltes Objekt, aus Versehen gekauft oder nur aus nostalgischen Gründen aufbewahrt, anschauen aber mag man es nicht.

Ich schreibe wirklich nicht, um irgendjemanden zu kränken, ich schreibe um eines Selbstheilungsprozesses willen. Zu Beginn war es eine ganz andere Story, die Geschichte von drei jungen Leuten, die auf sich gestellt heranwachsen. Ohne Eltern, allerdings auch nicht auf der Straße. Eine Geschichte von der Hoffnung, eine andere Welt sei möglich. Beim Schreiben wird man unbewusst in den eigenen inneren Brunnen hineingezogen, je weiter man gräbt und je tiefer man kommt, desto schwärzer wird das Wasser darin.

Irgendwann habe ich alles gelöscht und begann mit dieser Geschichte. Am Anfang wich sie kaum von der ursprünglichen ab, wieder ging es um die drei jungen Leute. Wieder wachsen sie nur auf sich gestellt und auf einander gestützt heran, doch elternlos ist diesmal keiner von ihnen. Im Gegenteil, ihre gegenwärtige Einsamkeit verweist sie immer wieder auf ihre Familienbeziehungen. Ein Mädchen, das in einem vom Vater verlassenen Zuhause aufwächst, wo die Mutter ihr Leben ganz der Tochter widmet; ein Junge, der versucht, die Spuren des Vaters auszulöschen, der sich für sein verschwendetes Leben an seinen Kindern gerächt hatte; ein weiterer Junge, der nicht er selbst sein darf. Und dann ist da noch jene Nacht.

Yasemin wird verletzt sein. Zutiefst verletzt. Denn von ihrer Geschichte, die ich in diesem Buch erzähle, weiß nur ich. Genauso wie von der Tatsache, dass sie in meinem Buch vorkommt.

Ja, selbst wenn dieses Buch einst fertig geschrieben sein sollte, wäre es besser, es nicht zu veröffentlichen. Yasemin sollte diese Geschichten nicht in diesem Buch lesen. Erscheint es eines Tages aber doch, dann wird sie die erste sein, die es liest. Da bin ich mir sicher.

schlaf

Meine Schlaflosigkeit rührt womöglich von dem her, was ich im Schlaf erlebe. Übertreibe ich zuweilen beim Kiffen und sinke dann in Tiefschlaf, höre ich den Schrei. Mamas Schrei. Ein Laut, den ich vorher nicht kannte; weder wenn sie mit Papa stritt, noch wenn sie mich oder Umut anschrie, auch nicht wenn sie mit ihrer Mutter am Telefon schwatzte, diesen Laut habe ich nie gehört. Der Schrei eines Schmerzes, der aus der Flanke eines wilden Tieres bricht, grauenvoll und nur ihm vertraut; an die Existenz eines anderen Wesens außer ihm selbst auch nur zu denken, ist ihm unerträglich; dieser Schrei reißt mir die Augen auf.

Ich weiß noch, wie ich aus dem Bett sprang. Ich riss meine Zimmertür auf, da stand Mama schlohweiß im Wohnzimmer, vor dem der eisigen Nachtkälte weit geöffneten Fenster, weißer noch als ihr Nachthemd, so weiß, wie ein Mensch gar nicht sein darf, der Schrei hing im Raum, einfach so, erstarrt wie das Feuer eines ausbrechenden Vulkans und seiner kristallisierten Asche …

Was danach geschah, ist wie in Zeitlupe in meinem Kopf gespeichert. Ich laufe auf Mama zu, langsam, als schwebte ich im Zustand der Schwerelosigkeit, aber mit bleischweren Beuteln im Kopf und als wüsste ich, was geschah. Ich ergreife ihre eisigen Hände, will ihr das Gesicht und die starren, in zwei schwarze Murmeln verwandelten Augen bedecken, aus denen eben das Licht entwich. Wenn es mir nur gelingt, ihr die Augen zu verschließen, scheint mir, verschwindet jene furchtbare Szene, löscht sich aus unserem Leben, als wäre sie nie geschehen, und wir leben ohne diesen Albtraum weiter. Vergebens. Mamas Seele liegt jetzt in ihren Augen, sie ist nur noch Auge und Schrei, sie sieht.

Ich weiß, was geschehen ist, ohne es gesehen oder gehört zu haben. Das, was wir befürchtet hatten, ohne je darüber zu sprechen. Er hat es getan. Dieses Mal hat er es getan.

Es klopft, es hämmert an der Tür. Bumm bumm bumm! Mama liegt mir stocksteif im Arm. Es klopft. Es hämmert. Sie bestürmen die Tür.

Als sie hereinkommen, stürzt Perihan auf Mama zu.

drei tage zweiundneunzig stunden

»Sie versuchten vergeblich, uns zu trennen«, hatte Yasemin erzählt. Sie standen da, reglos aneinander geklammert. Die Nachbarn glaubten, der Schlag hätte sie getroffen, so stocksteif standen sie da. Dann brach die Mutter zusammen. Sie holten jemanden vom Rettungswagen, der wegen Umut gekommen war.

Als sie die Augen aufschlug, war ihr Vater bei ihr, an ihrem Arm hing ein Tropf, aus dem eine Flüssigkeit tröpfelte, vielleicht Morphin. Kaum erwacht, war sie schon wieder eingeschlafen.

Drei Tage lang schlief Yasemin, ihre Mutter zweiundneunzig Stunden. Die Ärzte sagten dem Vater, auch nach Überwindung des Schocks wäre Behandlung nötig.

das letzte mahl

Als wir aus der Klinik nach Hause kamen, legte Mama den Regenmantel ab und steuerte wortlos und vollkommen ruhig auf Umuts Zimmer zu. Papa und ich wechselten Blicke. Er neigte den Kopf und ich verstand, was er sagen wollte: Lassen wir sie.

Minuten verstrichen, Stunden vergingen. Als sie gegen Abend das Zimmer verließ, verschloss sie die Tür und steckte den Schlüssel in die Tasche ihres Kleids. Dann verschwand sie still in der Küche und machte sich daran zu kochen.

Ein, zwei Stunden später tischte sie auf, Speisen, die ich gern aß, Papa aber nicht besonders mochte. Sie selbst würde ohnehin kaum etwas zu sich nehmen. Das wussten wir alle drei.

Auf dem Geschirr ihrer Aussteuer, das nur für Gäste aufgedeckt wurde, hatte sie auf das Appetitlichste meinen Lieblingssalat, Portulak mit Joghurt, Tarhana-Suppe und aus dem Eisschrank geholten, vom Opferfest übrig gebliebenen Braten angerichtet.

Nur das war ihr geblieben, nur ich war noch da. Sie wusste, dass auch ihr Mann bald gehen würde, ja, insgeheim wünschte sie es sich sogar. Von nun an würde sie allein mit ihrer Tochter leben, nur noch für sie und dafür, ihr ein Leben nach eigenem Wunsch zu ermöglichen.

Diese schwere Last bürdete sich mir bei jenem letzten Mahl auf, vor sechs Jahren, drei Monaten und vier Tagen, als ich gerade achtzehn geworden war, da saßen wir zum letzten Mal alle beim Essen zusammen.

das finstere zimmer

Als ich Yasemin zum ersten Mal zu Hause besuchte, erschreckte mich die sonderbare Atmosphäre im Haus. Damals kannte ich weder ihre Mutter noch ihren Vater. Sie wohnten in einem 60er-Jahre-Bauwerk in Bahçelievler, einem Viertel von Ankara, in einer weitläufigen Wohnung, die sich über den zweiten Stock erstreckte, zu groß für Mutter und Tochter allein.

Nach Umuts Tod war der Vater nach Istanbul gezogen, wo er eine junge Frau kennengelernt hatte. Dennoch dachten weder die Mutter noch der Vater je an Scheidung. Nicht einmal, nachdem sie einem nie vereinbarten Abkommen zufolge voneinander völlig getrennte Leben führten und keinerlei Umgang mehr miteinander hatten. Zu Yasemin aber hielt der Vater Kontakt. Bis sie ihr Studium abschloss, verbrachte er jedes Wochenende in Ankara, um sie zu sehen. Zunächst allein, später auch hin und wieder mit seiner neuen Partnerin. »Sie ist eine gute Frau«, sagte Yasemin. »Sie tut Papa gut.«

Seit dem Tag, an dem der Vater fortgegangen war, setzten Yasemin und ihre Mutter in derselben Wohnung, mit denselben Dingen, dasselbe Leben fort. Nur einer fehlte: der Vater. »Und Umut?«, hatte ich gefragt. »Du wirst es sehen, wenn du uns besuchst«, hatte ihre Antwort gelautet. »Er ist immer bei uns.«

Die Mutter hatte das lange, schlohweiße Haar zum Knoten gebunden, sie war eine schmale, freudlose Frau, die viel zu bedächtig für ihr Alter wirkte. Sie verlor kaum ein Wort; wenn sie sprach, erinnerte ihre Stimme an ein tiefes Seufzen. Nicht dass sie ruhig sprach, eher schien sie sich die Sätze abzuringen. Ohne ihre Tochter hätte sie wohl keinen Grund gefunden, überhaupt noch Sätze zu bilden. Wenn sie Yasemin anblickte, leuchteten ihre Augen mitunter kaum merklich auf.

Nachdem sie uns Kaffee in hauchdünnen Porzellantassen, Mandelkuchen mit Rosinen, von dem Yasemin nie genug bekommen konnte, und Börek mit Gehacktem serviert hatte, ging sie in den Flur hinaus. Sie nestelte einen Schlüssel aus der Tasche und öffnete eine Tür. Sie trat ein und schloss die Tür hinter sich, dann hörte ich, wie sie sie erneut verriegelte. Verstohlen warf ich Yasemin einen Blick zu. »Dort ist es«, wisperte sie.

»Dort«, jenes finstere, geheime Zimmer, war der Tempel der Mutter. Jener Raum, in dem seit dem Tod von Yasemins Bruder Umut alles unverändert geblieben war. Jeden Abend huschte die Mutter in diesen Tempel, zu dem nur ihr der Zutritt gestattet war, murmelte mitunter etwas, das nach Gebeten klang, verweilte manchmal stundenlang, hockte auf dem Bett oder dem Stuhl, auf dem Umut beim Lernen gesessen hatte. Sie blieb nie länger als ein paar Stunden und schlief nie dort. Denn im Grunde gehörte das Zimmer nach wie vor Umut. Ein Phantom-Junge, der mit sechzehn in den Weihnachtsferien vom Internat in einem fernen Land heimgekommen war, und in einer finstern Nacht mit einem Sprung ins Nichts seine Mutter verlassen hatte, für diese aber als quicklebendiger Sechzehnjähriger weiterlebte.

An keiner anderen Stelle der Wohnung hatte sie auch nur die geringste Spur von Umut belassen, kein Foto, keinen Gegenstand. Sie allein würde ihn am Leben halten, niemand durfte den Schmerz, den es Tag für Tag zu erdulden galt, teilen.

Yasemin aber lebte tagtäglich in diesem Mausoleum, sah unablässig die Augen ihrer Mutter, die ihr sagten, sie sei der einzige

Grund für ihr Weiterleben, schlüpfte jeden Tag mit einem Lachen auf dem Weg zur Universität unter dieser schweren Bürde aus dem Haus.

Nur in der Uni konnte sie ihre Trauer ausleben. Und der einzige Freund, dem sie all das erzählen konnte, war ich.

winter

Im Gymnasium war Eren einsam wie in seiner Kindheit. »Natürlich gab es ein paar Leute, mit denen ich redete«, erzählte er. Bora, der auf seine Unterstützung in den Literaturklausuren zählte, der kleine dünne Ediz, der damals aus unerfindlichen Gründen um ihn herum war. Enge Freundschaften aber hatte er keine. Mit einer Ausnahme. Hakan, mit dem er in der Freizeit ans Meer hinunter lief und über Bücher redete.

Diesen Hakan sollte ich an jenem Wochenende kennenlernen. Er kam nach Ankara. Damals glaubte Eren, Hakan würde für immer in seinem Leben bleiben. Sie teilten so vieles, hatten sich gegenseitig ihre Kindheit erzählt, waren im Sommer gemeinsam in die Ferien gefahren, hatten die Familien miteinander bekannt gemacht.

Über verschneite Wege waren sie vom Internat in Ortaköy zu Fuß hoch nach Beyoğlu ins Kino gestapft, viel Geld hatten sie nicht, sie nahmen den Bus statt zu laufen, konnten sie sich nach dem Film keinen frisch zubereiteten Hamburger bei Bambi leisten.

»Bist du etwa verknallt in ihn?«, hatte ich eines Tages aufgeregt gefragt, als die Rede auf Hakan kam. Nein, sagte er mit einem Lächeln. Aber eine Zeitlang hatten sogar sie selbst geglaubt, verliebt zu sein. Dabei war einfach niemand sonst da gewesen, mit dem sie ihre Welt hätten teilen können.

Dann tauchte Hakan auf.

hakan

Ich legte großen Wert darauf, dass Hakan und Yasemin sich verstanden. Darum wohl hatte ich Hakan in meinen Erzählungen Yasemin gegenüber ziemlich idealisiert. Später wurde mir klar, das Portrait des idealen Menschen, das ich ihr mit Übertreibungen hingemalt hatte, schüchterte Yasemin ein, sie fürchtete sogar, sich mit Hakan nicht messen zu können, und sorgte sich, ob unsere Freundschaft nach Hakans Besuch überhaupt noch fortbestehen könnte.

Ich hingegen wünschte mir, dass die beiden Menschen, denen ich alles anvertraute, die mir so nahe standen wie Geschwister, einander mochten. Doch es kam anders. Eigentlich war das gut so. Denn Hakan schien inzwischen, trotz der nur fünf, sechs verstrichenen Monate, ein anderer geworden zu sein.

Der Hakan, mit dem ich auf dem Gymnasium gewesen war und hitzig über Filme, Bücher, Gedichte diskutiert hatte, war einem Fremden gewichen, der wie ein selbstgerechter Journalist schwadronierte, bei keinem Thema Stellung bezog und Yasemins regimekritische Haltung verachtete. Einmal, als Yasemin auf die Toilette ging, fragte er mich: »Seid ihr jetzt ein Paar?« Ich dachte zuerst, er scherze, denn er musste am ehesten wissen, dass ich mich nicht in eine Frau verliebte. Als ich begriff, dass er es ernst meinte, wunderte ich mich und war auch ein bisschen traurig. Das war nicht der Hakan, den ich kannte.

Es fiel uns schwer, miteinander zu reden, bis Yasemin von der Toilette zurückkam. Mit seiner Frage schienen auch unsere gemeinsamen Themen im Handumdrehen erschöpft. Kaum war Yasemin wieder da, brachte er die Rede erst auf den furchtbaren Winter in Ankara, dann auf die bevorstehenden Frühlingstage und von da kam er auf die Liebe. Hakan tippte ein Foto auf seinem Handy an und drehte uns das Display zu.

Ein Mädchen mit schulterlangem, blondgefärbten Haar blickte uns an, offensichtlich trug sie Kontaktlinsen, ihre Augen, irgendwo zwischen grün und blau, wirkten matt, auf ihrem T-Shirt prangte die Aufschrift »Gucci«, die Arme hatte sie um Hakan geschlungen. Verständnislos starrten Yasemin und ich sie an. »Ich bin verlobt«, sagte Hakan.

Da ordnete sich alles in meinem Kopf. Er würde nie wieder der Hakan sein, mit dem ich auf dem Gymnasium befreundet gewesen war. Denn mein Weggefährte war ein Junge gewesen, der allem zum Trotz seine eigene Welt verteidigt und den Mut gehabt hatte, alles Vorherige und alles, was noch kommen würde, zu verändern.

Yasemin spürte, dass es mir die Sprache verschlagen hatte, sie leierte Floskeln herunter, wie süß, viel Glück, seit wann denn, und sorgte dafür, dass ich Zeit gewann. »Interessant«, war alles, was ich endlich herausbrachte. Später äffte Yasemin den Ausdruck des Widerwillens nach, der sich daraufhin auf Hakans Gesicht breit gemacht hatte, immer wieder.

Unterwegs, als ich Yasemin nach Hause brachte, war ich ziemlich erschüttert, versuchte jedoch, es mir nicht anmerken zu lassen. Yasemin aber wusste Bescheid. »So wirst du nie«, sagte sie. »So kannst du gar nicht sein.« Dann umarmte sie mich. Und ich brach in Tränen aus. Eine Weile standen wir so da. Passanten müssen uns für ein Liebespaar kurz vor der Trennung gehalten haben.

Das Weinen tat mir gut und wir liefen weiter. »Verlass mich nicht«, bat ich Yasemin. »Niemals«, sagte sie. Vor ihrer Haustür umarmten wir einander noch einmal. Nun waren die Tränen versiegt.

istanbul

Ich hatte mein Wort gegeben, Eren niemals zu verlassen. Seither waren wir unzertrennlich, bis auf die Zeit, die er in den Sommerferien bei seiner Familie verbrachte, und einige Wochenenden, an denen Papa nicht kommen konnte und ich zu ihm nach Istanbul fuhr.

In der Uni hatten wir ansonsten keine engen Freunde, weshalb auch niemand unsere Geschichte kannte. Man hielt uns für ein Liebespaar, das sah ich an einigen Kommentaren unter Fotos auf Facebook und an so manchem vielsagenden Lächeln in den Seminaren. Einmal, als ich ohne Eren nach Hause kam, gab mir sogar Mama in einer Weise, die ich nie von ihr erwartet hätte, zu verstehen, sie möge Eren und wisse, dass ich ihn liebe.

Ich liebte ihn, ja, aber nicht so, wie sie dachte. Offenbar war dies eines der wenigen Dinge, die ihr im Leben noch Freude bereiteten, das wollte ich nicht zerstören. Sollte sie doch so denken. Sollte sie damit glücklich sein, bis ich mich in jemanden verlieben würde, wen kümmert's, dachte ich …

Für sie hing natürlich auch meine Entscheidung, nach dem Studium nach Istanbul zu ziehen, mit Eren zusammen. Es schmerzte sie, sie igelte sich ein, aber sie bat mich nicht zu bleiben. Kein einziges Mal kam sie nach Istanbul. Zuerst versuchte ich, alle zwei Wochen nach Ankara zu fahren. Dann wurden die Abstände größer. Wir hielten uns an Telefonate und Videoanrufe über das Internet. Sie hatte ja Umut, vielleicht würde es ihr in ihrem Mausoleum allein, ohne mich, sogar besser gehen. Das war meine Art mich zu trösten, wenn mich wieder einmal das Gewissen biss.

Das Band zwischen Eren und mir riss nie. Wir verbrachten zwar nicht mehr unsere gesamte wache Zeit miteinander wie in den Tagen an der Uni. Auch lagen mein Arbeitsplatz und seine Wohnung recht weit voneinander entfernt. Kam aber mein Anruf aus der Mittagspause auch nur fünf Minuten zu spät, simste er, ich solle anrufen oder er riefe gleich an. Dann erzählten wir uns, was es seit dem Vortag Neues gab.

Wenn er nachts ausgegangen war, berichtete er aufgeregt von einer neuen Bar-Bekanntschaft, was eher selten vorkam. Meistens war mir klar, dass es sich dabei um Strohfeuer handelte, dass es Abenteuer zum Zeitvertreib oder auch zur bloßen Triebbefriedigung waren. Seine Stimme klang matt und noch verzweifelter als sonst, obwohl er die Nacht mit jemandem verbracht hatte. Um ihn aufzumuntern, erzählte ich dann von den jüngsten Untaten eines Mädchens im Büro, das ich hasste. Auch Eren grollte ihr mittlerweile, obwohl er sie gar nicht kannte. Sie hatte gleichzeitig mit mir angefangen und war entfernt mit dem Chef verwandt. Manchmal übertrieb ich dabei arg oder schob der Ärmsten sogar die Fehler anderer in die Schuhe.

Auf diese Weise fühlte Eren sich stärker in mein Leben einbezogen und gewann Abstand zu seiner Reue und seiner grenzenlosen Angst vor Einsamkeit. Stets hatte ich eine Geschichte auf Lager, die ihn zum Lachen bringen konnte, solche Geschichten schien ich unwillkürlich zu sammeln, ohne mir dessen bewusst zu sein. Wie eine Mutter die Lieblingsspeise ihres Kindes zubereitet, wenn es aus weiten Fernen heimkehrt, ohne auch nur daran zu denken, das Kind vorher zu fragen, so erspürte auch ich Erens Momente, zauberte aus einer Schublade in mir die für ihn bereit liegenden Geschichten hervor, von denen ich wusste, dass sie ihm gefallen würden, schmückte sie kräftig aus und servierte sie appetitlich.

Gab es einmal nichts zu berichten, erzählte er von einem Buch, das er gerade las, schimpfte auf den Protagonisten oder sagte, er habe vor lauter Grübeln über den Helden die ganze Nacht kein Auge zugetan. Ihm hatte ich es zu verdanken, dass ich, obwohl ich nicht mehr so viel zum Lesen kam wie er, von den Helden und Orten erfuhr, an denen die Bücher spielten, und so in die Fantasiewelten anderer Geschichten eintauchen konnte.

In letzter Zeit widmete er sich deutschen Schriftstellern. Er las jeden deutschen Autor, den er ausfindig machen konnte, klagte, wie wenig zeitgenössische deutsche Literatur in unsere Sprache übersetzt sei, besorgte und verschlang unverzüglich das Buch eines neuen deutschen Autors, kaum dass dieser in seinen englischen und amerikanischen Zeitschriften-Abos oder auf Literaturseiten im Internet empfohlen worden war. Wer weiß, womöglich legte er in jenen Tagen die Saat für Berlin, bewusst oder unbewusst.

Wie dem auch sei, ich bin Eren zu Dank verpflichtet. Dass ich mich heute nicht fremd fühle, wenn ich durch die Straßen von Berlin laufe, wenn ich den Gästen im Michelberger, die kummervoll und still sind, sehr unterschiedlich aber doch seelenverwandt, ein Glas Riesling oder Kokosmilch serviere, habe ich den Geschichten zu verdanken, die Eren mir in den Mittagspausen am Telefon erzählte.

»Eigentlich gibt es so vieles im Leben zu entdecken«, sagte er eines Tages bei einem unserer seltenen gemeinsamen Mittagessen, »wir müssen nur ein wenig den Staub abwischen, der die Oberfläche oder auch uns selbst bedeckt – dann finden auch wir einen der Schätze, die darunter begraben liegen, du wirst sehen.« Es gibt Menschen, die dem alleine nicht gewachsen sind. Ohne Eren hätte ich mich nicht getraut, den Staub fortzuwischen.

der turm

Zwar wohnten wir nun in Istanbul, doch unsere alltägliche Routine hatte sich nicht wirklich verändert, noch immer lebten Yasemin und ich gleichsam eingesponnen im eigenen Kokon. Ja, sie arbeitete in einem Büro, ja, ich lernte gelegentlich, wenn ich abends mal ausging, jemanden kennen und hatte Sex, das verging aber, ohne Spuren zu hinterlassen. Real waren nach wie vor einzig jene Momente, die wir gemeinsam verbrachten. Den Rest der Zeit schienen wir nur dafür zu leben, Geschichten aufzuspüren, die wir einander erzählen würden.

Dann ging der erste Winter, den wir gemeinsam in Istanbul verbrachten, zu Ende und der Frühling kam.

Mein Plan war längst, in den Sommerferien nach Deutschland zu fahren. »Wohin genau?«, fragte Yasemin, als ich es zum ersten Mal ansprach. Wir hatten kein Wort darüber verloren, ob wir zusammen fahren würden, doch wir wussten, wenn wir Urlaub machten, dann nur gemeinsam. »Natürlich nach Berlin.« Sie hatte noch keinen Anspruch, vor Ablauf des ersten Jahres würde sie unmöglich Urlaub bekommen, zudem würde das grässliche Mädchen (die Nichte der Frau des Chefs, natürlich mit Vitamin B) im Sommer heiraten und schmiedete jetzt schon Pläne für die Hochzeitsreise.

»Über die Feiertage hast du frei«, sagte ich. Das leuchtete ihr ein.

Restlos überzeugt war sie aber noch nicht. Warum sollten wir, wenn ihre freien Sommertage, da wir im Meer baden könnten, ohnehin gezählt wären, nach Berlin fahren, wo wir die Sonne kaum zu Gesicht bekämen? Natürlich bedrängte ich sie nicht, ich kannte Yasemin gut genug, um zu wissen, dass sie, selbst wenn ihr Gegenüber das Richtige sagte, sie genau das Gegenteil davon tun würde, sobald man darauf beharrte.

Stattdessen zog ich sie weiter in die Geschichten deutscher Schriftsteller hinein, wie schon seit dem Winter. Ich las damals begeistert zwei Autoren, die beide mit Vornamen Uwe hießen. Das neue Buch des einen war so lang wie sein Titel, fast tausend Seiten stark. Dem anderen gelang es, auf nur hundert Seiten mehr als jener zu erzählen. »Vor allem will der, der wenig schreibt …«, hob ich zu einem bedeutungsschwangeren Satz an, der zwar lang war, den ich aber tagsüber tausendmal im Kopf herumgewälzt und auf Perfektion getrimmt hatte, als Yasemin, um eine andere Musik zu wählen, nach ihrem Handy griff, das an die Musikanlage angeschlossen war.

Während sie nach Musik stöberte, signalisierte ihr das rote Zeichen am Twitter-Icon, dass etwas Seltsames im Gange war. Obwohl sie nur wenigen Leuten folgte, hatten sich Hunderte Nachrichten in der Timeline angesammelt und sekündlich kamen neue hinzu. Sie tippte auf das Symbol des blauen Vogels und wartete darauf, dass sich das Programm öffnete, mit ihr schaute auch ich, was los war. Meine Geschichte war auf halbem Weg unterbrochen worden, deshalb wollte ich diese Sache so schnell wie möglich beendet wissen und zur Musik und natürlich zu den Sätzen zurückkehren, an denen ich den ganzen Tag über in meinem Kopf gefeilt hatte.

a könyvek néma mesterek

In der Café-Bar, in der ich arbeite, habe ich einen Kollegen in meinem Alter, vielleicht auch ein, zwei Jahre jünger, er erinnert mich an Deniz, das pechschwarze Haar quillt ihm unter der Mütze hervor.

Ich öffne die Tür zum Michelberger und schiebe den Luftzug abhaltenden, braunen Samtvorhang auseinander, geradezu intuitiv spürt er, dass ich da bin, wirft einen Blick herüber und heißt mich mit seinem ruhigen, breiten und friedvollen Lächeln wortlos willkommen.

Er kam aus Budapest her, um Literatur zu studieren, seit zwei Jahren wohnt er hier mit ungarischen Freunden zusammen. Seine dünnen T-Shirts sind entweder weiß oder schwarz und stets verrutscht. Vielleicht damit wir die Tätowierung auf seinem linken Unterarm sehen, eingerahmt von roten und grünen Blümchen. »*A könyvek néma mesterek*«, steht da über die ganze Armlänge geschrieben. »Bücher sind geheime Meister.« Ein ungarisches Sprichwort.

Sein Vater leitet eine Bibliothek in Budapest, sein Großvater, ein Dichter, kam 1956 in dem von den Russen niedergeschlagenen Ungarnaufstand ums Leben.

»Warum solltest du ein Buch lesen, wenn es dein Leben nicht verändert?«, hatte er in seinem ebenso harten wie gebrochenen Englisch gesagt, als ich das erste Mal nach der Bedeutung des Tattoos fragte. Anschließend hatte er weiter den Tresen gewienert, während ich Zitronen in Scheiben schnitt. Ich spürte, dass er mich mit seinen zwischen Mütze und Locken kaum sichtbaren Augen musterte.

»Natürlich ist nicht nur er umgekommen«, sagte er später. »Wenn Schriftsteller und Studenten mehr Freiheit im Land fordern ...« Sein Großvater studierte damals Literatur, wie er. Seine Freundin, »meine Großmutter«, war mit seinem Vater schwanger. Nein, verheiratet waren sie nicht, aber verlobt.

Seine Stimme zitterte. »Einer von zweitausendfünfhundert Menschen, die innerhalb von achtzehn Tagen umgebracht wurden.« Selbstverständlich dachte seine Großmutter keine Sekunde daran, das Kind des Mannes, den sie liebte, nicht zur Welt zu bringen. »Weil wir immer daran geglaubt haben, dass unsere Kinder eine bessere Welt erschaffen, auch wenn uns das nicht gelingt«, lautete ihre Antwort, als er sie danach gefragt hatte.

Er hat die Gläser fertig poliert und als er für einen Gast, der an die Theke kommt, ein Bier herausholt und öffnet, fällt mein Blick auf seine Hände. Er streckt auch mir eins hin. »Willst du?«, fragt er im Scherz.

Ein junger Mann, dessen Augen zwischen den Locken selbst in der Nacht strahlen, reicht mir sein Bier, eben erst geöffnet.

Mein Blick ruht noch auf ihm, meine Gedanken aber sind ganz woanders. Nachdem Eren und ich damals, als wir über deutsche Schriftsteller sprachen, gelesen hatten, was geschah, liefen wir in den Park. Es ist warm, was genau los ist, wissen wir noch nicht. Da ist ein Bulldozer, wie ein hungriges Monster steht er mit offenem Maul am Rand. Eine Handvoll junger Leute wie wir sind da. Einige haben Gitarren dabei. Um ein kleines Lagerfeuer herum singen sie bekannte Lieder. Wir sind zum Schauen dort, nicht zum Bleiben.

Da fragt er: »Willst du?«

Sein Name ist Deniz. Er studiert an der Mimar Sinan Universität für Schöne Künste. Bis in die Morgenstunden erzählt er, er sei ein New-Wave-Fan, bewundere aber vor allem die ungarische Filmszene. Bis in den frühen Morgen hinein, in der ersten der Nächte, die wir anschließend dort verbringen sollten.

»Wie schreibt man das auf Ungarisch?«, frage ich László und reiche ihm Zettel und Stift: »Warum solltest du dich in einen Menschen verlieben, wenn er dein Leben nicht verändern kann?«

minek a szerelem

Mit der Hand hob sie ihre schwarzen schulterlangen Haare an, schob ihre Bluse beiseite und drehte mir den Rücken zu.

Zwischen den Schulterblättern, auf der milchweißen Haut, standen in flinker Handschrift, die sich bis in die Nackenbeuge, in die ihr das Haar fiel, hineinzog, kleine tiefblaue Buchstaben. Die roten Spuren der Tätowierung waren noch nicht abgeschwollen, der glänzende Schriftzug war gut zu lesen.

»*Minek*«, las ich, und weiter: »*a szerelem*«. Ein kolossales Fragezeichen im Gesicht sah ich Yasemin an.

»Die einzige Sprache, vor der der Teufel Respekt hat!«, sagte sie lächelnd.

Ungarisch!

Der schmale Roman, von Yasemin vor Jahren entdeckt und dann an mich weitergereicht, hatte dafür gesorgt, dass wir beide von Budapest, von den dortigen Buchhandlungen und von der alleinstehenden blonden Frau träumten. Da war dieser Satz, den wir von dem brasilianischen Schriftsteller in jener geheimnisvollen Sprache gehört hatten, der, verliebt in Kriska, die blonde Frau, seine Stadt, sein Leben, Frau und Sohn aufgab und nach Budapest zog:

»Ungarisch ist die einzige Sprache der Welt, vor der der Teufel Respekt hat!«

Mit einem leisen Lächeln, das mir die unvermittelte Erinnerung an jene Tage ins Gesicht zauberte, sah ich Yasemin an, sie erwiderte meinen Blick. Schaute sie so, würde gewiss gleich ein großes Wort folgen.

»Ich werd's Ali sagen.«

»Warum dich in einen Menschen verlieben, wenn er dein Leben nicht verändern kann?«, fuhr sie dann, schon auf dem Weg in ihr Zimmer, fort. »Das ist der Sinn der Tätowierung. Wer weiß, vielleicht auch des Lebens …«

Wie vom Blitz getroffen stand ich im Flur. Sie hatte nicht gesagt, was sie Ali sagen würde, doch ich war erstarrt vor Schreck über das, was sie ihm sagen würde. Ich stand noch immer da, als die Tür aufging. Ali war nach dem Sport im Supermarkt gewesen, mit Einkäufen bepackt trat er ein.

»Ist Yasemin schon da? Ich mach' euch heute Abend leckere Nudeln mit Garnelen.« Er stieß die Tür zu und hob die Tüten an. »Auch Weißwein ist dabei. Aber zuerst unter die Dusche. Ich stinke wie die Pest!«

An mir vorbei schob er sich in die Küche, stellte die Tüten auf den Tresen, zog sich das schweißtriefende T-Shirt über den Kopf und verschwand im Bad.

Statt in mein Zimmer ging ich ins Wohnzimmer und wartete auf das, was geschehen würde. Keine zehn Minuten später hatte Ali geduscht und kam mit nassen Haaren und Handtuch um die Hüften aus dem Bad. »Ich zieh mich an, dann leg ich los«, sagte er, in der Annahme, ich würde auf das Essen warten.

Als er in sein Zimmer ging, drückte ich mich in den Sessel, um mich so klein wie möglich zu machen, und gab keinen Ton von mir, als könnte ich so besser hören, was gesprochen wurde, oder wäre weniger betroffen von dem, was geschehen würde. Ein Igel, der sich bei Gefahr einrollt.

Doch nichts geschah. Kurz darauf kam Ali barfuß in Jeans

und einem alten schwarzen T-Shirt aus seinem Zimmer. »Hier in der Wohnung ist es immer so warm«, sagte er, während er auf die Küche zusteuerte. Die Spitzen seines nackenlangen schwarzen Haars waren noch nass. In der Küchenspüle wusch er sich noch einmal die Hände, dann packte er Garnelen, Peperoni und frisches Basilikum aus und setzte das Wasser für die Nudeln auf.

»Wir wecken Yasemin, wenn das Essen fertig ist«, sagte er leise zu mir. Mit dem Kopf deutete er auf den Weißwein. »Ich hab' ihn kalt gekauft, mach ihn auf.«

Ich trat zu ihm, öffnete die Flasche und schenkte uns beiden ein. Den Rest stellte ich in den Kühlschrank, dann reichte ich ihm ein Glas. Er unterbrach das Schneiden der Peperoni und wischte sich die Hand mit Küchenkrepp ab. »Auf uns drei«, sagte er. »Möge es uns immer gut gehen!«

Wir tranken einen Schluck Wein, dann machte er sich wieder an die Arbeit. Und ich schaute zu, als sähe ich zum ersten Mal jemanden in der Küche eine Speise zubereiten. Mein einziger Gedanke aber galt dem, was Yasemin Ali sagen wollte.

Das Wasser kochte, er schob die langen Nudeln hinein, trocknete sich abermals die Hände ab und ging, um die Musik zu wechseln. Als vom Computer »*Marseilles Sunshine*« von Tindersticks erklang, das er sehr mochte, ging Yasemins Tür auf und sie trat verschlafen zu uns.

»Ich bin eingedöst«, sagte sie mit einem Lächeln. Dann drehte sie Ali den Rücken zu, hob ihr Haar an und zeigte stolz die Tätowierung vor. Ali starrte sie ungläubig an, als sie sich lächelnd wieder umwandte.

»Ich bin schwanger«, sagte sie.

ganz fest

Ali drückte mich so fest, dass ich in seinen Armen plötzlich meine Knochen knirschen fühlte. Er stellte keine einzige Frage, er setzte das Glas auf dem Tresen ab, sah mich an, in seinen Augen standen Tränen, sie funkelten, dann umarmte er mich ganz fest, ohne ein Wort zu sagen.

Da fiel mein Blick auf Eren, der hinter ihm stand. Er schaute verdutzt drein, als hörte er zum ersten Mal davon. Er spielte kein Theater. Er wusste, dass ich schwanger war. Aber er wusste auch, wie durcheinander ich gewesen war. Er hatte mich verhört, als er eines Morgens mit ansah, wie ich mich ziemlich geräuschvoll übergab. Ich hatte ohnehin nicht vor, es lange zu verschweigen. Die Entscheidung wollte ich allein treffen, aber ich brauchte jemanden zum Reden, um mir die Entscheidung leichter zu machen. Dass ich mit Mama nicht über das Thema »ein Kind allein aufziehen« reden konnte, verstand sich von selbst. Ich hielt mich möglichst so fern von ihr, dass Streit ausgeschlossen war.

Ich musste die Belehrungen nicht hören, die sie mir erteilen würde, sobald ich das Thema anspräche, seit Jahren hatte sie sie mir still und leise in die Seele gepflanzt. Ich fürchtete mich weniger davor, dieselben Dinge wieder zu hören, als vielmehr vor meinen eigenen Antworten. Als »Familie« hatten sie zwei Kinder großgezogen. Eines davon gab es nicht mehr, das andere versuchte, alles hinter sich zu lassen und sich zu befreien. Dann war da noch eine »Mutter«, die in ihrem Museum der Verzweiflung unwillig am Leben festhielt.

Nein, mit ihr wollte ich sicher nicht reden. Eren war wie immer bereit, mir zuzuhören, mir den Weg, für den ich mich entscheiden würde, zu ebnen, mich an die Hand zu nehmen und dorthin zu begleiten.

Ein Kind allein aufzuziehen, machte mir keine Sorgen. Wohl aber jenes seltsame Gefühl von Einsamkeit und Verlorenheit, das ein vaterloses Kind haben könnte. Eren meinte, es sei normal, dass eine Tochter mit derart starkem Vaterbezug wie ich so empfinden würde. »Allerdings«, gab er mir einmal zu bedenken, »nicht jedes Kind mit Vater hat so viel Glück wie du.«

»Es kann für ein Kind manchmal sogar von Vorteil sein, ohne Vater aufzuwachsen.« Er verstummte. Dann stand er auf und verschwand in seinem Zimmer. Ich hörte den Drucker laufen. Kurz darauf stand er mit ein paar Blatt Papier in der Hand wieder neben mir.

»Niemand soll es lesen, bevor es fertig ist«, sagte er. »Aber ich möchte, dass du das hier liest.« Er reichte mir die Blätter. »Ein Kapitel aus dem Roman«, erklärte er. »Lies es, wenn du allein bist.« Er setzte sich nicht wieder, sondern ging und schloss die Tür hinter sich. Auf der ersten Seite stand in dicken, schwarzen Buchstaben »Halit«.

halit

Nach der Zulassungsprüfung für die Uni ging ich nach Ankara. Monatelang kehrte ich nicht nach Istanbul zurück und sagte auch niemandem außer meiner Tante Bescheid. Eines Tages rief sie mich auf dem Handy an, zum ersten Mal. »Komm am Wochenende her«, sagte sie. »Dein Vater ist krank. Er liegt im Krankenhaus. Besuch ihn doch mal.« Ich hatte überhaupt keine Lust dazu, mochte aber meiner Tante die Bitte nicht abschlagen, also machte ich mich am Wochenende nach vollen sieben Monaten auf den Weg nach Istanbul.

Ich fuhr direkt zu meiner Tante, denn mit der anderen Wohnung verband mich nichts mehr. »Um deinen Vater steht es nicht gut«, sagte sie. Als wir ins Krankenhaus aufbrachen, legte sie ein schwarzes Kopftuch an. Sie verhüllte ihren Kopf nur, wenn jemand gestorben war oder wenn es im Haus einen Trauerfall gab. »Ist er tot?«, schoss es mir durch den Kopf. Dieser Gedanke quälte mich nur, weil er dann abgetreten wäre, ohne dass ich mit ihm hätte abrechnen können. Viele Male hatte ich mir den Tag der Abrechnung ausgemalt. Mal käme er zu einer meiner Signierstunden, nachdem ich ein erfolgreicher Schriftsteller geworden war. Ich begegnete ihm wie irgend einem Unbekannten und wenn er abermals tönen würde: »Ich bin sein Vater«, um damit herumzuprotzen, würde ich ihn hinauswerfen lassen. Mitunter reichte es auch, mir vorzustellen, wie ich ihn an einem Tag träfe, da er wieder einmal sturzbetrunken wäre, und ich ihn mit einer einzigen Ohrfeige niederstreckte. An manchen Tagen, die allerdings selten waren, attackierte ich ihn mit Dutzenden Messerstichen. Damit mich anschließend niemand verdächtigte, würde ich ihn in Stücke schneiden, einen Teil an die Hunde verfüttern und den Rest zum Opferfest verschenken.

Während ich noch meinen Gedanken nachhing, erhob sich die junge, erschöpft wirkende Schwester an der Rezeption im Krankenhaus, als sie meine Tante erblickte, beide beugten den Kopf. »Willkommen«, sagte sie und wir folgten ihr durch einen blauweiß gestrichenen Korridor.

Die Tür von Zimmer 301 öffnete sie übertrieben behutsam, fast so, als wollte sie die Tür nicht verletzen. Da saß Mutter auf einem Schlafsofa, ein Tuch auf dem Kopf, in der Hand ein Taschentuch. Als sie uns sah, erhob sie sich. Sie umarmte mich fest und fing still zu weinen an.

Meine Tante trennte uns, setzte Mutter wieder auf ihren Platz und schob mich an das Bett, in dem Vater lag. Fast hätte ich ihn nicht wiedererkannt. Das Gesicht kalkweiß und eingefallen, die Augen tief in den Höhlen. Sein Blick ging in eine tiefe Leere, schien dort aber nichts zu sehen. Die Arme waren zu denen eines schwächlichen Kindes mutiert, die Haut lappte herunter, an einem Arm hing ein Gerätekabel. Ich musterte seine Nase, die länger geworden schien, seine trockenen, violetten Lippen, die eingeschrumpelt waren, den schmalen Hals, der den Kopf nur mühsam hielt, und fragte mich eine Sekunde lang: »Das ist er?« Jener Mann, der mir meine gesamte Kindheit und frühe Jugend geraubt hatte, selbst abends, wenn ich lernte, hatte er mich gequält, aus dem Schlaf hatte sein Geschrei mich aufgestört; das sollte er sein?

»Schau, dein Sohn ist da, Bruder«, sagte meine Tante. Mit einer Hand richtete sie sich das Haar, mit der anderen hielt sie meine fest. Als spürte sie, wie es mich fortzog, hielt sie mich wie in Kindertagen fest, damit ich nicht davonliefe. Er hörte nichts. Nur sein Blick lag auf mir. »Er hat dich erkannt«, sagte sie mit brüchiger Freude. Mir war nicht klar, warum er mich nicht hätte erkennen sollen; es hätte durchaus sein können, dass ich ihn in diesem Zustand nicht erkannt hätte, ich aber hatte mich in den letzten sieben Monaten wohl kaum verändert.

»Geh doch mit Eren ein bisschen in die Cafeteria hinunter, trink auch du einen Tee. Ich bin ja jetzt da«, sagte sie anschließend zu Mutter, um uns geradezu gewaltsam aus dem Zimmer zu bugsieren. Wortlos strebten wir dem Aufzug zu und fuhren zur neonbeleuchteten Cafeteria im Untergeschoss hinunter. Ich holte zwei Tee und trat zu dem Tisch, an dem Mutter zusammengesunken war. Kaum setzte ich mich, da flossen von neuem stille Tränen bei ihr. Hinter der Brille tupfte sie mit ihrem kleinen Taschentuch herum, bemüht, den Ausbruch eines größeren Weinkrampfes zu verhindern und es mich nicht merken zu lassen.

»Nachbarn haben ihn aufgelesen«, sagte sie. »Er suchte die Wohnung, sie begriffen erst nicht, hielten ihn für betrunken.« Als sie ihn nach Hause brachten, habe er nicht gewusst, wo er war. Als er am nächsten Tag Mutter für meine Tante hielt, rief sie jene hinzu. In der Klinik dann Untersuchungen und die Ärzte stellten ihre Diagnose. »In diesem Alter sei das ungewöhnlich, aber er hat sich eben überanstrengt«, erläuterte Mutter. Vermutlich, indem er jahrelang tagein tagaus gesoffen und uns verprügelt hat, dachte ich.

»Als ich letzte Woche auf dem Markt war, ist er durchs Gartentor hinaus. Er lief mitten auf der Straße, da hat ihn ein Auto erwischt. Gott sei Dank fuhr es nicht schnell.« Wieder führte sie das Taschentuch an die Augen. »Komm doch dieses

Wochenende nach Hause.« Ich nahm ihre Hand, blieb aber die Antwort schuldig. Sie verstand.

So saßen wir da. Dann sagte sie: »Gehen wir hoch, deine Tante ist auch schon seit Tagen fix und fertig.« Oben saß meine Tante, ließ die Gebetskette durch die Finger gleiten und murmelte Gebete. »Geht nach Hause«, sagte Mutter.

Danach war ich nur noch selten in Istanbul. Nie suchte ich das Haus auf, in dem ich aufgewachsen war. Nun sollte ich nach Jahren Vater wiedersehen. »Nur für zwei Tage«, hatte meine Tante gesagt. »Deine Schwester Gözde ist krank, ich bin zwei Tage bei ihr und kümmere mich um das Kind, das arme.«

Ich hatte nichts Wichtiges zu tun gehabt und war doch nie hingefahren. Denn Halit war schon lange kein Vater mehr für mich. Er war der einzige Grund für meinen Umzug von Istanbul nach Ankara gewesen, seine allnächtlichen Wutausbrüche, die eskalierten, je mehr er trank. Beim letzten seiner Wutanfälle, in einer Phase, als ich für die Prüfungen lernte, nahm er sich mich vor, nachdem er wieder mit Mutter gestritten hatte. Am nächsten Tag bemerkte meine Tante mein geschwollenes Auge und brachte mich vier Monate lang, bis zu den Prüfungen, bei sich unter. Auch das geschah, ohne darüber zu reden. Die ganze Familie tat, als wäre nichts.

All das ging mir durch den Kopf, dann stand ich vor dem Haus. Mit meinem Schlüssel schloss ich auf. Er saß wie immer in seinem roten Samtsessel und tat, als nähme er gar nicht wahr, dass ich hereinkam, auf ihn zutrat und nun vor ihm stand. Die verfilzte Wolljacke, vom jahrelangen Tragen verschlissen, reichte ihm mittlerweile fast bis auf die Knie. Dann richtete er seinen leeren Blick auf mich, regungslos. Der weiße, seit Tagen unrasierte Bart stand in seinem hageren Gesicht wie staubige

Stoppeln auf einem kargen Feld. Sein Haar war stark gelichtet, sein Kopf praktisch nur noch ein Stück Haut voller dunkler Flecken, die an den haarlosen Stellen umso mehr ins Auge stachen.

Ohne ein Wort ging ich durch den Flur, wo noch die gerahmten Fotos von Mutter, ihm und mir hingen. In der vollkommen unveränderten Küche fand ich im Kühlschrank die von meiner Tante zubereitete Suppe, holte sie heraus, stellte sie auf den Herd. Ich ging nicht wieder ins Wohnzimmer, während sie aufkochte. Als sie brodelte, schaltete ich herunter und öffnete eine Tür des orangefarbenen Küchenschranks. Die Suppenschalen standen noch dort, wo Mutter stets die Teller gestapelt hatte. Meine Tante hielt also auch nach Mutters Tod noch deren Ordnung aufrecht. Ich nahm eine Schale heraus, füllte zwei Kellen hinein und überlegte einen Augenblick, die Suppe weiterkochen zu lassen, bis sie zu heiß zum Essen wäre. Er nahm doch ohnehin nichts mehr wahr. Nicht Wärme, nicht Kälte, nicht Saures, nicht Schmerz, nicht, wer ich war. Eine Sekunde lang verspürte ich den Drang, ihm diese Marter anzutun. Ich wollte, dass er sich wenigstens den Mund verbrühte, dass ihm die Kehle wehtat und ein paar Tage lang beim Essen vor Schmerzen die Augen tränten.

Ich ließ es bleiben. Denn er wusste nicht mehr, wer ich war. Hätte er es gewusst, hätte ich es womöglich getan.

das heft

Als ich die vier Seiten gelesen hatte, blieb ich mit den Blättern in der Hand sitzen und wusste nicht, was tun. Vielleicht hätte ich zu Eren gehen sollen und ihn – wie Ali es an diesem Abend mit mir getan hatte – fest in den Arm nehmen sollen. Ich konnte es nicht. Dabei hätte ich es tun sollen. Aufzuatmen, wie ich es getan hatte, als Ali mich unvermutet, ohne etwas zu fragen, in den Arm nahm, und zu fühlen: »Ich bin nicht allein!«, hätte ihm gutgetan.

Stattdessen schlug ich das Heft auf, das ich bei mir trug, nachts, wenn ich aufwachte, notierte ich darin, woran ich mich erinnerte. Ich blätterte und riss ganz hinten die drei Seiten heraus, die ich zuletzt geschrieben hatte. Bei ihm brannte Licht, seine Tür öffnete ich nicht, sondern schob die Seiten unten durch. Dann schlüpfte ich in mein Zimmer zurück, löschte das Licht und streckte mich auf dem Bett aus.

der mensch

Die Blätter unter der Tür bemerkte ich, als ich Kaffee holen ging. Ich hob sie auf, um sie auf den Tisch zu legen, als mein Blick auf den ersten Satz in Yasemins Handschrift fiel:

»Als sie anfingen, Gas zu sprühen, rannten wir los.«

»Wir sahen nicht, was um uns herum war«, ging es weiter. »Das Gas nebelte alles ein. Wir flüchteten in die Seitengassen, da kamen die Wasserwerfer schlecht hinein. Wir rannten auf eine dunkle Gasse zu. In der Mitte gab es einen Supermarkt. Den steuerten wir an, als mit Knüppeln bewaffnete Männer herausstürmten. Die an der Ecke gelauert hatten, rannten jetzt ebenfalls auf uns zu. Von hinten schlug mir jemand derb auf den Rücken. Ich taumelte. Eine Frau schrie von einem Fenster aus: ›Hört auf! Die armen Kinder, hört auf, um Gottes willen!‹

Jemand schimpfte in ihre Richtung. Ich hob die Hände zum Schutz über den Kopf. Sie knüppelten und traten. ›Wer ein Mensch ist, tut so was nicht, ihr Gottlosen!‹, schrie die Frau am Fenster.

Sie fluchten wieder. ›Warte nur, deine Mutter ficken wir auch noch!‹

Dann bog ein anderer Junge in die Gasse ein, allein. Jetzt nahmen sie ihn ins Visier und ließen von uns ab. Ich lief zu Deniz. Er hielt sich den Kopf, wohin seine Hand fasste, war Blut. Ich versuchte, ihn hochzuziehen. Er starrte mich an, als erkenne er mich nicht. ›Lass nur‹, sagte er. ›Lauf weg!‹ Mit Gewalt zerrte ich ihn hoch.

Als er taumelte, rief jemand hinter uns: ›Haltet das Schwein auf!‹ Sie rannten auf uns zu. Deniz blickte mich an. ›Lass mich‹, sagte er nicht. Doch es lag ihm auf der Zunge. Seine Lippen bebten. Er ließ sich fallen.«

jeder bringt um, was er liebt

Kaum hatte er gelesen, was ich geschrieben hatte, stand Eren bei mir in der Tür. Er wusste, dass ich nicht schlief, machte aber kein Licht. Er legte sich neben mich. Umarmte mich. Ich brach in Tränen aus. Zum ersten Mal seit Monaten. Nicht leise, nicht so, dass es keiner merkte. Nein, laut schluchzend, als rächte ich mich für alles, was ich heruntergeschluckt hatte. Eren streichelte mir übers Haar und versuchte, meinen von der Heulerei schweißnassen Rücken mit dem Bettbezug zu trocknen.

»Alle, die ich liebe, sterben«, schluchzte ich.

»Ich wusste, dass du nicht auf deine Mutter stehst«, sagte Eren.

Da war das Weinen wie weggeblasen und wir brachen in lautes Gelächter aus.

»Was machen wir bloß?«, fragte ich, als wir uns ein wenig beruhig hatten.

»Wir schaffen das«, sagte er.

»Du hast mich nie allein gelassen. Wie könnte ich dich allein lassen?« Dann streckte er die Hand aus, schob mir das Haar aus dem Gesicht und gab seiner Stimme einen noch weicheren Klang. »Aber du kannst noch so viel heulen, heiraten werd' ich dich nicht, damit du's weißt!«, sagte er. Als ich lachte, sagte er: »Komm, trinken wir einen Kaffee.«

»Auch wenn du das Kind ohne Vater aufziehst«, sagte er im Hinausgehen, »es hat immerhin einen fantastischen Onkel.«

jeder bringt um, was er liebt

Ali freute sich natürlich nicht nur darüber, dass Yasemin ein Kind bekommen würde. Sie trug nun auch einen Teil seines verlorenen Bruders in sich. »Ich habe Angst, allmählich sein Gesicht zu vergessen«, hatte er mir eines Tages gestanden. »Dabei kann ich mich noch an den Tag erinnern, als er auf die Welt kam.« Ali war nicht gerade scharf darauf, über seinen Bruder zu reden, doch wenn Yasemin in der Café-Bar arbeitete oder im Kino war und wir allein zu Hause blieben, brachte er die Rede doch auf ihn. Er sagte aber nie: »Deniz«. Er sagte nur: »Er.« Als würde, sollte ihm der Name, den er seinem jüngeren Bruder selbst gegeben hatte, über die Lippen kommen, die Mauer einstürzen, die er mühevoll errichtet hatte, ihn der Schmerz, den er begraben wollte, dann am Schlafittchen packen und der wichtigste Grund für sein Weiterleben, seine Widerstandskraft, abrupt in sich zusammenbrechen, als akzeptierte er damit die Tatsache, dass Deniz tot war und er ihn nie wiedersehen würde, als wäre das das Ende seines Lebens.

An jenem Abend, als Yasemin nach dem Essen schlafen ging, sagte er zum ersten Mal: »Deniz würde durchdrehen vor Freude. Ob er ihm ähnlich sehen wird?« Wir lagen nebeneinander auf dem großen Kanapee und tranken Wein. Die zweite Flasche war längst geleert. Yasemin trank wegen des Babys keinen Alkohol mehr, Ali und ich hatten allein getrunken. »Wie gut, dass ich dich kennengelernt habe«, sagte er kurz darauf. Behutsam drehte er sich auf die Seite und schlang den Arm um mich. In jener

Nacht berührten wir einander zum ersten Mal wieder seit unserer ersten Begegnung im Gezi-Park. Vielleicht beschloss Ali in dieser Nacht, Deniz umzubringen und selbst zu leben.

ein deniz in der ferne

Am Tag, nachdem ich es Ali gesagt hatte, wollte ich nicht zeitig nach Hause gehen. Ich wollte allein sein. Einmal ausgesprochen, war alles wie mit Händen greifbar wirklich geworden. Ich, Yasemin, wurde, wovor ich mich im Leben am meisten fürchtete: Mutter! Obendrein, um ein Kind aufzuziehen, das seinen Vater niemals sehen würde!

»Was haben wir nur falsch gemacht?« Mamas Gemurmel, ihre Stimme voller Seufzer drangen an mein Ohr. Selbstverständlich hatte ich ihr nicht gesagt, dass ich schwanger bin. Vielleicht würde ich es ihr überhaupt nicht sagen. Wenn aber doch, bekäme ich garantiert diesen Satz von ihr zu hören.

Was habt ihr denn richtig gemacht, Mama? Doch es war zu spät, irgendjemanden zu beschuldigen, es war mir auch nicht mehr wichtig. Denn nach all den Monaten waren wir zum ersten Mal wieder allein. Nach all der Zeit waren wir zum ersten Mal wieder ein Leib. Deniz und ich sind unser Kind.

Nach der Arbeit werde ich heute nicht wie gewohnt ins Kino gehen. Stattdessen setze ich mich in das Café in Mitte, in dem immer so schöne Musik läuft und vor dem die Gäste ihre Fahrräder abstellen; dort werde ich das Buch lesen, das ich heute morgen aus dem Koffer gekramt und in die Tasche gesteckt habe. Das Buch, das Eren mir so oft ans Herz gelegt, das zu lesen ich aber immer wieder aufgeschoben hatte, wie bei allem, was man mir aufdrängt. Das Buch, das Deniz mir eines Tages, nachdem er gehört hatte, worüber ich mit Eren sprach, mitbrachte, von der asiatischen Seite kommend, von seinem Bruder Ali, den wir damals noch nicht kannten. »Eine Geschichte wie unsere«, hatte Eren erfreut gesagt, als er sah, welches Buch Deniz mir gegeben hatte. »Nun lies es aber endlich!«

»Wieder ins Kino?«

Als ich vor der Tür den schwarzen, selbstgestrickten Schal um den Hals wickle, setzt László neben mir seinen Helm auf. Ich strecke ihm die Hand mit dem Buch hin, die Blätter sind gewellt von dem Wasser, das wir im Park abbekommen hatten, auf dem Cover Audrey Hepburn im kleinen Schwarzen, die Zigarettenspitze in der Hand. »Kein Kino heute«, sage ich, »heute erfahre ich unsere Geschichte.«

Ohne recht zu verstehen, lächelt er mich an. »Soll ich dich irgendwo absetzen?«

Ich zucke mit den Schultern: »Okay.«

denk ich an dich,
kommen mir wunderbare dinge in den sinn

Ali saß im Wohnzimmer und schaute sich wie immer eine Science-Fiction-Serie auf dem Laptop an, als ich von meinem Zimmer aus den SMS-Ton seines Handys hörte. Piep piep. Er stellte das Telefon nie leise. Wenige Sekunden darauf leuchtete auch auf meinem Display eine Nachricht auf. Mein Telefon gab nie Töne von sich, es war stets stumm geschaltet.

»Ich komm heut' Abend nicht. Aber keine Sorge. Heute Abend will ich allein sein. Holly.«

Holly. Als ich das las, ließ ich die Seite, an der ich gerade schrieb, liegen, stand auf und ging mit einem breiten Lächeln zu Ali ins Wohnzimmer. In der Hand ein schon fast leer getrunkenes Glas Wein starrte er auf den Bildschirm, folgte dem Abspann seiner Serie.

»Ist noch Wein da?«, fragte ich.

»Ein Glas hab' ich getrunken«, sagte er und hob sein Glas. Er trank den letzten Schluck aus. »Für mich auch noch eins, bitte.«

Ich holte den Wein aus dem Kühlschrank, füllte Alis Glas, das er auf den Couchtisch gestellt hatte, schenkte auch mir ein und setzte mich ihm gegenüber aufs Sofa.

»Yasemin kommt heute Abend nicht«, sagte er.

Ich nickte. »Sie hat mir auch Bescheid gegeben.« Den Teil mit Holly verschwieg ich natürlich.

»Und ich hab' auch Schluss gemacht für heute«, ergänzte ich. Ali freute sich, so schien es mir zumindest. Aber selbst wenn er sich freute oder es mir so vorkam, spürte ich zugleich so etwas wie Zerknirschung. Monatelang hatten Yasemin und ich uns abgekapselt, hatten so sehr für uns allein gelebt, dass wir nicht mehr wahrnahmen, dass auch Ali mit uns hergekommen war und denselben Schmerz durchlitt. Wir hatten Ali im Stich gelassen. Das wurde mir erstmals durch den Ausdruck zwischen Freude und »Na endlich!« klar, der sich auf seine Miene legte, als ich an diesem Abend sagte, ich würde nicht mehr arbeiten.

Er griff in die Tastatur, stellte irgendetwas ein und als er es sich wieder in dem Sessel bequem machte, schwebte eines der schönsten Lieder, die ich je gehört hatte, durch den Raum:

»*When I think of you, I think good old times ...*«

frühstück in mitte

»Wir sind aufgestanden und haben gefrühstückt«, berichtete ich Eren. »Was tut man deiner Meinung nach morgens denn sonst noch?«

»Schönere Dinge«, gab er zurück. Wir lachten, konnten uns gar nicht mehr halten vor Lachen.

Dann schaute er mich mit einem Fragezeichen im Blick an. Erst wollte ich es übergehen. »Selim kommt eventuell morgen aus Istanbul«, sagte ich.

Das Fragezeigen wanderte von seiner Miene in seine Stimme. »Das hattest du schon erwähnt …«

»Was willst du wissen?« fragte ich schließlich, während ich einen Teller abtrocknete. Er lächelte schief, wieder mit demselben Fragezeichen, nun aber begleitet von einem Blick, der sagte: »Das weißt du genau!«

»Ich war nicht mit ihm im Bett«, sagte ich. Eine Stunde, nachdem László mich in dem Café in Mitte abgesetzt hatte, simste er und wollte wissen, ob ich noch immer da sei. Von dem einen Bier war ich leicht beschwipst, wohl, da ich nicht mehr trank, seit ich beschlossen hatte, das Kind zu bekommen; es war schon dunkel, ich war allein und tatsächlich ähnelte jede Seite des Buches unserer Geschichte. Dann kam László, wir tranken zusammen weiter, ich langweiligen Kamillentee und er Bier. Kurz bevor das Café schloss und die Angestellten schon die frei gewordenen Stühle hochstellten, sagte er: »Trinken wir noch einen Schluck bei uns. Danach fahr ich dich mit dem Motorrad nach Hause.« Wir liefen durch die eisige Kälte zu seiner WG. Er nahm sich ein Bier und brachte mir grünen Tee. In der Wohnung schliefen längst alle. Wir gingen in sein Zimmer. Die Musik spielte leise und ich zeigte ihm mein Tattoo. Als er mit seinen Händen darüber strich, überlief mich ein Schauer. Ich erschrak, ließ das Haar fallen und setzte mich hastig ihm gegenüber in den Sessel. Dann redeten wir weiter. Er erzählte von seiner Stadt, von den alten Buchhandlungen dort, von seinem Lieblingsort in Berlin, vom Zoo, von dem Elefantenbaby Anchali, das hier bei seiner Mutter und den anderen weiblichen Familienmitgliedern aufwuchs, dann von seiner eigenen Mutter … Und ich hörte zu.

Irgendwann verstummte László. Er sah mich an. »Wenn du es einem Fremden erzählst, kommst du vielleicht leichter darüber hinweg«, sagte er. »Ich bin ein Fremder, dem du deine Geschichte erzählen kannst, wie immer du magst …«

Und ich erzählte ihm von Deniz.

familie

»Familie besteht manchmal nur aus einer einzigen Person«, fing Ali an. Yasemin war nicht da, wir waren allein. »Diese Person muss nicht unbedingt Mutter oder Vater sein.« Er verstummte. Ich ging zu ihm, umfasste seine Schultern. »Wie, denkst du, wird Yasemin es nennen?«, fragte er. Wieder verstummte er. »Deniz hatte seinen Namen von mir.«

Das wusste ich von Deniz. »Mein großer Bruder hat mir sogar meinen Namen verpasst«, hatte er eines Abends im Park erzählt. »Wer auch sonst, aber das ist eine andere Sache.«

»Ich hab' ihm auch das Radfahren beigebracht.« Er nahm einen Schluck Wein, vielleicht würde der Kloß in seinem Hals sich davon auflösen. »Weißt du, warum wir ursprünglich hergekommen sind?« Er fuhr fort, ohne eine Antwort abzuwarten: »Um allein mit uns zu sein, ja, aber im Grunde doch, um nicht zu vergessen. Denn in einer fremden Stadt klammert man sich umso mehr an seine Erinnerungen. Jeder Moment ist mir gegenwärtig, steht mir lebendig vor Augen. Aber ob das in meinem Kopf echte Erinnerungen sind oder doch eher das nach meinem Geschmack umgestaltete alte Leben, um damit glücklicher zu sein, das kann ich nicht mehr unterscheiden.«

Dann erzählte er von Deniz' Kindheit, davon, wie er ihn im Krankenhaus zum ersten Mal zu Gesicht bekommen hatte. Jenen freundlich dreinschauenden Säugling mit dem schwarzen Schopf, der auf der Brust der Mutter lag, als Ali an der Hand der Großmutter das Zimmer betrat. »Ich fühlte mich plötzlich ausgeschlossen. Mein Vater war kurz zuvor gestorben, mir war nur noch Mutter geblieben. Statt meiner hatte sie nun ein neues Kind, noch dazu einen Jungen. Dabei hatte ich mich schon damals darauf kapriziert, der einzige Mann in der Familie zu sein. Gehen wir, sagte ich zu Oma. Wohin denn, fragte sie. Nach Hause, gab ich zurück, hier ist nicht unser Zuhause.«

Später wurde Deniz dann sein bester Freund, Vater und Bruder in einem. »Er hatte so eine Ausstrahlung, es gab niemanden, den er sich nicht zum Freund gemacht hätte. Wie die Katzen spürte er, wenn jemand ihn nicht mochte. Dann stellte er alles Mögliche an, um dessen Herz doch zu gewinnen. Er war ganz anders als ich. Ich war früh erwachsen, so bin ich eben, natürlich hat niemand gesagt, werd' schnell erwachsen oder so. Von meiner Oma wurde ich stets auf Händen getragen, mag sein, dass ich ihr leid tat, wenn ich traurig war, weil sie meinte, ich dächte an Vaters Tod. Um ihr keinen Kummer zu bereiten, beschloss ich, mir nichts anmerken zu lassen. Es war ein bisschen wie die Geschichte von der Henne und dem Ei. Wir hingen so sehr aneinander, dass wir uns bewusst voneinander fernhielten, damit der andere nicht traurig würde.«

»Aber sie soll es nicht Deniz nennen«, sagte er. Er schaute mir lange in die Augen. »Den Schmerz sollen sie nicht ein Leben lang tragen, weder Yasemin noch das Baby. Ich kann ihr das nicht sagen. Aber du.«

selim

»Deine Haare!«, rief Selim.

Er war am selben Tag aus Istanbul eingetroffen. Das erste Wiedersehen nach den Tagen im Park. Er gehörte zu den wenigen in Istanbul Gebliebenen, mit denen ich noch in Verbindung war. Auf der roten Ziegelbrücke, über die ich nach der Arbeit auf dem Weg zu unserem Treffen lief, warf ich einen Blick auf die Uhr, es waren noch mindestens zweieinhalb Stunden hin bis zu unserer Verabredung. Am Lausitzer Platz hielt ich Ausschau nach einem Ort, wo ich Zeit verbringen könnte, ein deutscher Frisiersalon fiel mir ins Auge. Von dort, wo ich stand, konnte ich sehen, wie die Angestellten drinnen gut gelaunt ihre Arbeit erledigten. Wie ein Kind in einem Film, das von draußen aus der Kälte in ein glückliches Heim schaut.

Vielleicht ist das ein Zeichen, dachte ich. Das Haar, das schon wieder über die allmählich vernarbende Tätowierung fiel, fing gerade an, mich zu nerven. Ich trat ein und nahm auf dem Stuhl vor einem langen Lulatsch Platz, sein Kopf war an beiden Seiten kahlrasiert, der kräftige schwarze Schopf in der Mitte nach rechts gekämmt.

»Du bist garantiert keine Deutsche«, mutmaßte er in gebrochenem Englisch. »So kräftiges schwarzes Haar haben nur Leute vom Mittelmeer.«

Ich lächelte. »Ich bin Türkin.«

»Wie die Haare meiner Mutter«, fuhr er fort. »Ich komme aus Belgien. Aber Mama ist Italienerin. Wer ist denn in Berlin schon deutsch …« Er beugte sich zu meinem Ohr und tat, als flüsterte er: »Ist besser so, aber lass das die Deutschen nicht hören!«

»Ich kann immer noch Dinge unterscheiden«, sagte Selim und lachte. Auch ihm zeigte ich mein Tattoo. »Du bist über dich selbst hinausgewachsen, Tattoo und so«, sagte er. »Gut so, weißt du.« Er nippte wieder am Kaffee. »Man kann atmen, wenn man weiter weg ist.« Nur ein wenig und nur kurz; danach geht alles wieder von vorne los, denn eigentlich trägst du ständig alles im Kopf mit dir herum. Das dachte ich nur, Selim gegenüber äußerte ich es nicht. Er hatte genug Sorgen.

Eine Sekunde lang überlegte ich, vom Baby zu sprechen, damit wäre auch das Thema gewechselt. Aber dann würden wir auf Deniz kommen. Und womöglich würde seine Mutter Mama davon berichten, sofort ließ ich den Gedanken fallen.

»Ich besuch' dich im Krankenhaus«, sagte ich.

»Mutti wird sich freuen, dich zu sehen«, sagte er.

Dann liefen wir zu dem Hotel, in dem er mit seiner Mutter wohnte.

Beim Abschied fragte ich: »Wann ist deine OP?«

Die Ärzte hätten ihm für Freitag einen Termin gegeben, berichtete er. »Eigentlich ist es kein großer Unterschied«, sagte er. »Ich sehe dieselben Dinge genauso wie früher. Aber von außen betrachtet …«

Am liebsten hätte ich ihm einen Kuss auf die schwarze Klappe gesetzt, die eines seiner Augen verdeckte, aber dann nahm ich doch mit den Wangen vorlieb.

der roman

Seit vier Tagen checke ich fast stündlich sämtliche E-Mail-Konten, so unruhig, wie ich es mir selbst nicht eingestehen will. Noch immer keine Reaktion. Gestern Abend hatte ich mir geschworen, wenn auch heute keine Antwort kommt, vergesse ich die Sache. Die Sache, das ist der Roman. Ganze vier Tage sind vergangen, seit ich ihn Pınar geschickt habe. Bislang hat sie mit keiner Zeile reagiert. Sie hat ihn gelesen und er hat ihr nicht gefallen, garantiert, sage ich mir, und jetzt überlegt sie, wie sie mir das möglichst schonend beibringen soll.

Auch an diesem Abend kommt keine Antwort; ich bin entschlossen, das Ganze zu vergessen. Ich habe mir also etwas zugetraut, dem ich nicht gewachsen bin. Es ist mir nicht gelungen, an die Autoren heranzureichen, die ich lese. »Vielleicht fange ich in einer Schule an, als Lehrer für Literatur«, sage ich zu Ali, der fragt, ob mittlerweile eine Antwort da sei.

»Kannst du nicht noch bei einem anderen Verlag anfragen? Es gibt doch mehr als nur einen Verlag!«

Was würde das für einen Unterschied machen? Wenn das Manuskript Pınar nicht gefällt, obwohl ich mit ihr befreundet bin, dann werde ich andere gar nicht erst bemühen, erkläre ich.

Wir sitzen während dieser Unterhaltung im Wohnzimmer, als aus meinen Zimmer das Geräusch einer eingehenden Mail herüber klingt. Aus Angst, eine Nachricht zu verpassen, hatte ich einige Tage den Nachrichteneingangs-Ton am Computer und am Handy lautgeschaltet. Nun schäme ich mich, weil ich vergessen habe, ihn wieder stummzuschalten. Allzu große Verzweiflung ist peinlich. Ich springe auf und stürze in mein Zimmer.

Vor meinem eingeschalteten Computer steht Yasemin. Sie hat sich das Haar kurz wie ein Junge schneiden lassen, der ausrasierte Nacken und das Tattoo sind zu sehen. Auf dem Bildschirm vor ihr »die letzte Nacht«, das letzte Kapitel meines Romans, das ich gerade überarbeite. Als sie die Tür aufgehen hört, dreht sie sich mit verstörter Miene zu mir um.

»Du hast gelesen, was ich in meinem Heft notiert hab'«, sagt sie. Sie steht auf. »Du hast mein Leben an dich gerissen. Als wär' das nicht genug, hast du auch noch darüber geschrieben. Wie kannst du nur!«

Das Display meines Handys leuchtet wegen der eingehenden Nachricht, am Computer ist die Datei mit meinem Roman geöffnet, wir stehen einander gegenüber, Yasemin stößt mich weg, schnappt sich ihren Mantel, auf dem Weg nach draußen knallt sie die Tür hinter sich zu. Rums!

10 9 8 7

Yasemin blieb die Nacht über fort. Ich verschwieg Ali, der nicht wissen konnte, was hinter der Auseinandersetzung des Vorabends steckte, deren wahren Grund. Denn ich wollte, dass Yasemin nach Hause kam, dass wir uns versöhnten, aber den wahren Grund konnte ich Ali nicht sagen.

Später, als Ali beim Sport war, schreckte ich, als die Tür aufging, vom Sofa im Wohnzimmer hoch, wo ich eingenickt war. Yasemin, ganz offensichtlich ohne recht geschlafen zu haben. Aber sie war nicht traurig, vielmehr entschlossen. Wir starrten einander an. Dann marschierte sie wortlos in ihr Zimmer. Ich wagte nicht einmal, mich hinzusetzen, ich blieb in der Tür stehen und wartete.

Eine halbe Stunde später trat sie mit einem kleinen Koffer aus ihrem Zimmer, verlor kein Wort, ging und schloss die Tür hinter sich.

6543

Nachdem Yasemin gegangen war, schlich ich in mein Zimmer. Was sollte ich tun? Ich wollte Ali eine Nachricht senden, er solle heimkommen, ich wollte ihm alles erzählen. Anschließend würden wir zusammen Yasemin suchen. Ich griff nach dem Telefon und formulierte im Kopf die SMS, da fiel mein Blick unten auf das E-Mail-Symbol. Das rote Signal, das mich über eine neue Mail informierte, stand seit gestern Abend da, fiel mir ein.

Um ein wenig Zeit zu gewinnen, öffnete ich das Mailprogramm.

»Was du geschickt hast, habe ich einmal ganz gelesen, und dann noch einmal«, schrieb Pınar. »Das Gefühl beim Lesen der ersten Seiten hat sich bestätigt. Mir ist, als hätte ich meinen schrecklich vermissten alten Freund wiedergefunden. Das Ende ist großartig. Was soll ich sonst noch sagen.

Wie schön wäre es, wenn du hier wärest, dann würden wir am Abend ein, zwei Rakı kippen. Lass uns das unbedingt nachholen, wenn du wieder da bist. Ich sehne mich verdammt danach, lange und gemütlich bei Essen und Trinken mit dir zu plaudern.

Ich bin schon dabei, das Cover zu gestalten! Dein Vertrag liegt bei! Schau ihn gleich durch und schreib mir.

Und komm bitte zurück. Wir vermissen dich sehr.

Pınar.«

D

2

Statt Ali zu simsen, sagte ich ihm, als er abends heimkam, Yasemin sei wutentbrannt aus dem Haus gestürmt, sie habe meinen Roman gelesen und gesehen, dass ich auch ihre Geschichte darin erzähle. Ich hätte sie aber nicht um Erlaubnis dafür gebeten. »Sehr persönliche Dinge?«, erkundigte Ali sich besorgt.

Ich nahm das Manuskript, das ich vorbereitet hatte, bevor er kam, vom Tisch und reichte es ihm. »Lies es, ohne dass ich dabei bin, mach dir selbst ein Bild.« Das Manuskript in der Hand, überschrieben mit »es geht uns hier gut«, ließ ich Ali stehen und lief, ohne recht zu wissen, wohin ich gehen sollte, in eine Nacht hinaus, in der im Schneetreiben die Hand vor Augen nicht zu sehen war. Ich lief eine Weile herum, dann betrat ich das Café mit Blick auf den Rosenthaler Platz, das länger geöffnet hatte, weil Wochenende war.

Nachdem ich eine Zeitlang in der Schlange vor der Kasse gestanden hatte, hielt ich mit einem Glas Rotwein in der Hand Ausschau nach einem Platz, nahezu alle Tische waren von Einzelpersonen belegt. Junge Schriftsteller, die am Laptop ihre Geschichten voranzutreiben suchten, hier jemand aus Fernasien, wie überlebte er nur mit seinen kurzen Jeans bei diesem eisigen Wetter, dort eine nicht mehr ganz junge Engländerin, die ein wenig zu tief ins Glas geschaut hatte, sie tippte mit zusammengekniffenen Augen eine Nachricht ins Handy, und schließlich ein blonder Mann Anfang dreißig, an den Seiten war sein Haar schon schütter, er sah, dass ich verzagt einen Platz suchte und wies mit den Worten: »Hier ist frei« auf den Stuhl ihm gegenüber. Sein zufriedener Gesichtsausdruck, die Musik, die aus seinen Ohrhörern drang, und seine ganze Haltung verrieten, dass er glücklich war.

In dieser Menge aus lauter einsamen Menschen betrachtete ich durchs Fenster die vorübergehenden, ebenfalls einsamen Menschen, vertraute auf das spontane Gefühl der Erleichterung, das der Wein auslösen würde, und begann, auf Nachricht von Ali zu warten.

1

Nachdem Ali das Manuskript gelesen hatte, wusste er nicht, was er tun sollte. Bevor ich gegangen war, hatte ich ihm gesagt, er solle lesen, ich würde erst nach Hause kommen, wenn ich seine Nachricht dazu hätte.

»Ich hab's durch.«

Nur so viel schrieb er. »Ich hab's durch.« Kein gutes, auch kein schlechtes Wort, kein Wort des Gefallens, keines des Missfallens; eine mechanische Nachricht bar jeder Gefühlsäußerung.

Als ich Stunden später zu Fuß nach Hause kam, war mein Rücken trotz der eisigen Temperaturen schweißnass. Ich war geradezu gerannt, zudem war mir vor Aufregung und vor allem vor Nervosität der Schweiß ausgebrochen. Die Wirkung des Weins war längst verflogen.

Außer Atem betrat ich das Wohnzimmer, Ali fand ich im Sessel vor, den Manuskriptausdruck noch in der Hand.

»Du hast über uns geschrieben«, sagte er und sah mich an. Ich stand noch, er saß. Ich hatte Ali nie erzählt, worüber ich schrieb. Er hatte auch nie danach gefragt. Wahrscheinlich hatte er es für richtig gehalten, nicht zu fragen; und ich war nicht besonders gut im Reden, vielleicht zog ich deshalb das Schreiben vor.

Dann stand er auf und trat zu mir, da bemerkte ich, dass seine Augen gerötet waren. »Vielleicht sind wir hergekommen, um nicht zu vergessen, hatte ich dir gesagt«, er sah mich an, »vielleicht sind wir aber auch nur hergekommen, damit du diesen Roman schreibst.« Er umarmte mich, so fest, wie er Yasemin in den Arm genommen hatte, als er von der Schwangerschaft erfuhr. So fest, dass es wehtat, aber zugleich so zärtlich, dass mir der Schmerz egal war.

»Wir müssen auf jeden Fall Mittel und Wege finden, das zu veröffentlichen. Jeder soll das lesen«, sagte er, als er sich von mir löste. Ich berichtete, dass Pınar es herausbringen wolle; dass ich den Vertrag schon unterschrieben hatte und die Vorbereitungen im Verlag bereits angelaufen waren, behielt ich allerdings für mich.

»Das müssen wir feiern«, sagte er. Und holte aus dem Kühlschrank den Champagner, den er für Yasemins Geburtstag bereitgestellt hatte. »Für sie besorge ich etwas besseres, jetzt trinken ja sowieso nur noch wir beide.« Er schenkte uns ein Glas ein. »Morgen holen wir Yasemin von der Arbeit ab. Dir habe ich zu verdanken, dass ich sie jetzt besser kenne. Hätte ich das Buch nicht gelesen, hätte ich sie womöglich nicht wirklich verstanden. Vielleicht war sie traurig wegen der Kapitel mit Deniz, wer weiß. Ein Kind ohne Vater. Noch nicht einmal ihre Mutter weiß davon, sie war sicher beunruhigt, weil du es jetzt ins Buch aufgenommen hast.«

»Du hast recht«, sagte ich, »so ist es vermutlich. Ich hätte sie vorher fragen sollen.«

Er sah mich an. »Im letzten Augenblick wart nur ihr bei Deniz. Selbst ich war nicht dabei. Ihr drei seid unzertrennlich.« Ich nickte nur.

Ich verschwieg, dass ich das Manuskript geändert hatte, bevor ich es ihm gab. Mit keinem Wort erwähnte ich das Kapitel, das Pınar unbedingt drin haben wollte, weil sie es für das stärkste hielt, ich aber hatte es im letzten Augenblick gestrichen.

die letzte nacht

»Die Ärzte sagen, selbst wenn er überlebt, bleibt er so«, berichtete Yasemin, »halb tot.«

Wir waren zu zweit in dem Zimmer, in dem Deniz seit Tagen lag. Ali hatte nächtelang nicht geschlafen, Yasemin hatte ihn mit Nachdruck heimgeschickt. »Heute Nacht bleiben wir hier«, sagte sie. »Wir sind zu zweit, wir schlafen reihum.«

Sie setzte sich in den Sessel. »Hol uns doch Kaffee«, schlug sie vor. »Die Nacht ist lang.«

In der Cafeteria standen ein paar Leute vor mir in der Schlange, ich stellte mich an, holte Kaffee, zahlte und fuhr mit dem Aufzug wieder in den siebten Stock hinauf. In beiden Händen Kaffee, pochte ich sacht mit dem Ellbogen an die Tür. Als niemand öffnete, dachte ich: »Wahrscheinlich ist Yasemin vor lauter Erschöpfung auch eingeschlafen«, stellte einen Kaffeebecher auf den Boden und schob die Tür auf, leise, um niemanden zu wecken. Doch Yasemin schlief nicht, sie stand an Deniz' Bett. Ich sah sie von hinten, den Stecker, der Deniz ans Leben band, in der Hand. Schockiert, ohne daran zu denken, den Kaffee aus der Hand zu stellen, eilte ich zu ihr. Bevor die Ärzte da waren, hatte Yasemin den Stecker wieder eingestöpselt. Deniz aber war tot.

»Er hätte es nicht gewollt«, sagte sie später in jener Nacht zu mir, während wir auf dem Korridor auf Ali warteten. »So hätte er niemals leben wollen.«

»Still«, flüsterte ich. »Was heute Nacht passiert ist, ist nie geschehen, vergiss es. Nur du und ich wissen davon und wir werden niemals darüber sprechen, nicht einmal miteinander.«

Tränen strömten ihr über das Gesicht, sie nickte nur.

der nullpunkt

Ich kehre mit Ali in jene Stadt zurück, die hinter uns zu lassen wir in dem Moment beschlossen hatten, als Deniz nach dreizehn Tagen im Koma gestorben war. Während des zwei Stunden und zwanzig Minuten dauernden Fluges hatte ich den Kopf an Alis Schulter gelehnt und hielt die Augen geschlossen, als schliefe ich. Das hinderte die Tränen, die mir mitunter entschlüpften, jedoch nicht daran, feuchte Flecken auf Alis Hemd zu hinterlassen.

Wir hatten tagelang nach Yasemin gesucht. An ihrem Arbeitsplatz in der Café-Bar hatte sie sich nicht gemeldet, ihre Telefonnummer war abgeschaltet, niemand wusste, wo sie war. Wir wollten ihre Mutter nicht beunruhigen und waren lange unentschlossen, ob wir sie anrufen sollten, entschieden uns schließlich aber doch dafür. Es läutete lange, endlich nahm sie den Anruf entgegen. »Ich kann mir denken, warum du anrufst, mein Junge«, sagte sie, meine Stimme erkennend. »Ich kann dir nur so viel sagen: Yasemin möchte dich nicht sehen, wo sie ist, weiß auch ich nicht. Sie schreibt täglich kurze Nachrichten, manchmal ruft sie auch an. Es geht ihr gut. Mehr weiß ich nicht. Offenbar verheimlicht sie auch vor mir, wo sie ist, weil sie befürchtet, ich würde es dir sagen.«

Jetzt sind wir wieder da, wo alles anfing. In Istanbul. Im Gezi-Park. An unserem Nullpunkt. In dem Teegarten mit Blick auf den fernen Bosporus trinken wir schweigend Tee. In dem Abenteuer, zu dem wir zu viert aufgebrochen waren, fehlen jetzt zwei.

Deniz und Yasemin sind zu Engeln geworden, die aus unserem Leben verschwanden, nachdem sie ihre Aufgabe, uns zusammenzubringen, erfüllt hatten. Es mögen zwei fehlen, doch wir ergänzen einander.

Ich vermisse beide, und wie. Doch ich bin überzeugt, sie hätten an meiner Stelle nicht anders gehandelt. Wir waren zwar gemeinsam aufgebrochen, um unser Leben zu ändern, im Innersten aber wollten wir uns überhaupt nicht ändern; wir waren lediglich auf der Suche nach einem Leben, das uns so annimmt, wie wir sind. Für die Suche nach diesem Leben hat Deniz seines hingegeben. Und wer weiß, wo Yasemin ist. Manchmal erscheint sie mir im Traum so, wie sie als Studentin gewesen ist. Die Sonne fällt auf ihre langen Locken; mit einem Lächeln auf den Lippen, strahlender noch als die Sonne, erzählt sie mir etwas. Wenn ich morgens aufwache, weiß ich nicht mehr, was sie erzählt hat, aber nach solchen Nächten wache ich glücklich auf.

Selbst Ali bemerkt, wie glücklich ich dann bin. Selbstverständlich ist er vor mir aufgestanden, hat das übliche Müsli verzehrt und auch die Banane, er sitzt am Computer und werkelt an etwas herum, dabei schlürft er seinen Kaffee. Später geht er zum Sport, anschließend trifft er Freunde oder den Galeristen, mit dem er sein neues Ausstellungsprojekt bespricht. Danach geht er ins Atelier.

Wenn er abends heimkommt, warte ich auf ihn, habe vermutlich schon ein Glas Wein getrunken, ein paar Seiten geschrieben. Oder habe mich, unfähig, eine Zeile zu schreiben, während ich noch auf die Veröffentlichung des ersten Romans warte und bereits unter dem Druck leide, ein neues Buch zu schreiben, an jenem Tag vielleicht nur in einen liebgewonnenen Roman vertieft.

Wir sind da, wo alles anfing. Am Nullpunkt. Wir sind aber weit von jenem schmerzlichen Anfang entfernt, wir stecken in der schönsten Phase einer anderen Welt, eines Lebens, das gerade erst aufgebaut wird. »Familie besteht manchmal nur aus einer einzigen Person«, hatte Ali gesagt. »Und diese Person muss nicht unbedingt Mutter oder Vater sein.« Ohne je darüber gesprochen zu haben, ersetzten Ali und ich uns gegenseitig unsere Verluste. Wir wurden einander zur Familie. Mutter, Vater, Bruder, Geliebter; weder alles noch keiner.

Sicher hätten Deniz und selbst Yasemin es so gewollt. Sonst erschiene sie mir nicht so unendlich glücklich im Traum.

– Ende –

Jeder Roman und jeder Film haben ein Ende, das Leben aber ist anders. Es geht weiter, auch nach den Enden. So ist es auch hier.

Nach der Veröffentlichung von *es geht uns hier gut* sah ich Yasemin nie wieder, obwohl ich für Signierstunden und Lesungen nahezu jeden Ort der Türkei besucht hatte. Ich wollte, dass sich das Buch verkauft, dass jeder unsere Geschichte liest. Pınar sagte stets: »Ich weiß, du redest nicht gern, aber der Verkauf steigt deutlich, wenn du es tust.« Was hätte schon geschehen sollen, wenn ich Yasemin begegnet wäre? Sie hätte mich ohnehin links liegen gelassen.

In Berlin stellte ich in einer neu eröffneten Buchhandlung unweit der Wohnung, in der ich Yasemin zum letzten Mal gesehen hatte, die deutsche Übersetzung vor, die zustande gekommen war, weil sich eine verhärmte Übersetzerin dahinter geklemmt hatte. Nach der Lesung ging ich in die Straße, in der wir einst wohnten, und stand dann vor dem Haus, das unser Leben verändert hatte (seltsam, das Wort Zuhause kommt mir schon nicht mehr über die Lippen). Anschließend holte ich im »Kaffeemitte« Mandelkuchen, den Yasemin besonders mochte, betrachtete die mit Fahrrädern vollgestellte Gasse und dachte an uns, was mich frösteln ließ. Vielleicht sind wir nicht in der Stadt geblieben, in die wir gekommen waren, um wir selbst zu sein, doch diese Stadt hatte uns zweifelsohne zu uns selbst gebracht. Hier schrieb ich den Roman, den ich im Kopf hatte, bereit, alles in Kauf zu nehmen. Dank der Verlegerin, der ich zaudernd das Buch als erste zu lesen gegeben hatte, war es inzwischen in aller Munde, viele hatten es gekauft.

Mit Ali kabbele ich mich noch immer hin und wieder, aber wir leben seit vier Jahren zusammen. Er bereitet seine erste Ausstellung vor, Bilder von Berlin. Und Yasemin? Ich hörte nie wieder von ihr. Als hätte sie wie in einem Spionagethriller ihren Namen, ihren Typ, ihr ganzes Leben geändert und in einem mir unbekannten Land ein neues begonnen.

In der Woche, als ich dem Lektorat meinen zweiten Roman ablieferte, wurde ich zu einer Lesereise durch ein paar Städte in die USA eingeladen, weil *es geht uns hier gut* dort gerade frisch erschienen war. Die Reise begann in New York, Endstation sollte Toronto sein, das hatte ich mir gewünscht, da ich die Stadt nicht kannte. Nach einem Gespräch mit dem Publikum, das zum großen Teil aus dort lebenden Türken bestand, signierte ich.

Jeden einzelnen fragte ich nach dem Namen, für manche schrieb ich eine Widmung dazu, wenn sie mich an etwas erinnerten. Eine Frau namens Sevda etwa, mit hübschen Augen, deren Haar ein intensiv nach Sommerwind duftendes Parfüm verströmte, der unterschwellig aber eine Enttäuschung anzumerken war, erinnerte mich an meine Lektorin, die sich permanent über die Umstände im Verlag beklagte, aber doch nie den Mut fand, ihren Job zu kündigen. Ihr schrieb ich hinein: »Auch für Sie gibt es im Leben einen Ort, an dem Sie sich wohlfühlen, ich hoffe, Sie finden ihn eines Tages.« Daraufhin hauchte sie mir Küsschen auf die Wangen und bat jemanden aus der Schlange, den sie gar nicht kannte, mit ihrem Handy ein Foto von uns zu schießen. Anderen schrieb ich nur kurz gute Wünsche hinein. Irgendwann wollte ich nur noch, dass die Schlange ein Ende nähme und ich ins Hotel käme, um mich auf das Abendessen mit dem Verleger vorzubereiten. Ruhe und wenig reden müssen!

In der Reihe stand noch ein türkischer Pilot in mittleren Jahren, der vor langer Zeit nach Toronto ausgewandert war, er hatte ein freundliches Gesicht, wirkte aber resigniert. Der nächste war ein kanadischer Student, der gekommen war, weil seine türkische Freundin darauf bestanden hatte. Als er in gebrochenem Türkisch sagte: »Wir fahren auch bald an einen Ort, wo es uns gut geht, nach Istanbul«, hatte er mein Herz gewonnen.

Während ich das Buch für den jungen, gut aussehenden kanadischen Studenten signierte, wurde mir ein weiteres Buch hingeschoben. Das war kein Leser wie alle anderen. An dem Duft, an der Elektrizität, die in der Luft lag und dort nachgerade verharrte, spürte ich etwas anderes. Ich hatte den Kopf noch gar nicht ganz gehoben, da sagte sie: »Du hast mich schöner beschrieben, als ich bin.«

Unsere Blicke trafen sich.

»Deine Haare«, sagte ich.

»Sind wieder länger«, ergänzte sie. Sie wies mit einer Kopfbewegung auf den schlanken, hochgewachsenen Mann, der neben ihr stand, an den Schläfen ergrauten seine Locken bereits, ich verstand, dass sie meinte: »So hat er es gern.« Auf ihren Zügen lag ein ruhiges, ehrliches Lächeln, wie bei einer Mutter, die sich über das Glück ihres Kindes freut.

»Es kommt ein wenig auf den letzten Drücker, aber wenn du heute Abend hier bist, lass uns zusammen etwas trinken«, sagte sie. Auf der Stelle strich ich das Abendessen mit dem Verleger. »Ich bin hier.« Während ich signierte, legte sie mir ein weiteres Buch vor. »Und das ist für Deniz.« Ich hob den Kopf und sah ihr in die Augen. »Vielleicht liest er es, wenn er groß ist.« Unter meine Signatur setzte ich auch meine Handy-Nummer und E-Mail-Adresse. Sie sagte: »Wir holen dich um neun vom Hotel ab.« Sie nahm das Buch, das ich für sie signiert hatte und hakte sich bei ihrem Begleiter ein, ohne nachzuschauen, was ich geschrieben hatte.

Als die Schlange endlich zu Ende war, rief ich meinen Verleger an. Er wirkte ein wenig gekränkt, widersprach aber nicht, als er erfuhr, dass es Yasemin war.

Jetzt ziehe ich mich in meinem Zimmer um, ich denke, sie wird meine Widmung gelesen haben, bevor sie mich um neun abholen kommt.

Wie die lautet?

Geh, wohin auch immer du gehst, am Ende wirst du allein mit deiner eigenen Geschichte sein. Und das ist unsere Geschichte. Ich habe sie nicht aufgeschrieben, damit alle davon erfahren, sondern damit wir sie nicht vergessen.

Originaltitel: biz burada iyiyiz.
© 2014, Can Yayinlari, Istanbul

Bibliografische Information der Deutschen Nationalbibliothek
Die Deutsche Nationalbibliothek verzeichnet diese Publikation in der Deutschen Nationalbibliografie; detaillierte bibliografische Daten sind im Internet über http://dnb.d-nb.de abrufbar.

Für die deutschsprachige Ausgabe
1. Auflage 2017
© 2017 Orlanda Frauenverlag GmbH, Berlin

© 2019 Orlanda Buchverlag UG, Hamburg/Berlin
www.orlanda-buchverlag.de
Alle Rechte vorbehalten

Lektorat: Tanja Ruzicska
Umschlag: Reinhard Binder, Visions2Form, Berlin
Satz: Marc Berger
Druck: Schaltungsdienst Lange, Berlin
Autorenfoto: © Tamer Yikmaz
Printed in Germany
ISBN 978-3-944666-33-4